夕格山里的雪

(散文集)

杨素筠 敏奇才 黄贵方等 著

德宏民族出版社

图书在版编目（CIP）数据

夕格山里的雪：散文集 / 杨素筠等著. -- 芒市：德宏民族出版社，2018.11

ISBN 978-7-5558-1111-4

I.①夕…　Ⅱ.①杨…　Ⅲ.①散文集—中国—当代—Ⅳ.①I267

—中国版本图书馆CIP数据核字（2018）第231071号

书　　名：夕格山里的雪（散文集）		
作　　者：杨素筠　敏奇才　黄贵方等 著		
出版·发行　德宏民族出版社	责任编辑　胡兰英
社　　址　德宏州芒市勇罕街1号	责任校对　濮文娟
邮　　编　678400	封面设计　陈连全
总编室电话　0692-2124877	发行部电话　0692-2112886
汉文编室　0692-2111881	民文编室　0692-2113131
电子邮件　dmpress@163.com	网　　址　www.dmpress.cn
印　　刷　昆明龙昇印务有限公司	
开　　本　787mm×1092mm　1/16	版　　次　2018年11月第1版
印　　张　12.5	印　　次　2018年11月第1次
书　　号　ISBN 978-7-5558-1111-4	定　　价　44.00元

目录

杨素筠
夕格山里的雪　　　　　　　　/1
云水之间的西索古寨　　　　　/6
松潘记忆　　　　　　　　　　/10

敏奇才
我的母亲　　　　　　　　　　/17
外公的皮箱　　　　　　　　　/32
牛　殇　　　　　　　　　　　/35
洮州人　　　　　　　　　　　/41

吴勇聪
我为什么如此痴迷乡土阅读　　/46

存一榕
古镇的背影　　　　　　　　　/51
甩不开的村庄　　　　　　　　/55
远离冬天的地方　　　　　　　/58
走进野象谷　　　　　　　　　/66
对一条河流的祝愿　　　　　　/76
灵弃之水　　　　　　　　　　/83

1

黄贵方

回不去的故里	/90
底圩，文人欠你一个赞	/95
南利河大峡谷纪行	/100
相约普弄瑶山	/105
顺甸河畅想	/109
豆沙关怀古	/114
谒遵义会议会址	/122
品读小七孔的景	/127
"夏"雪	/132
感受香格里拉	/135
一生都在路上	/139
心存敬畏	/143
外出务工的农民	/147
——一群迁徙的候鸟	

孛尔只斤·斯琴琪琪格

一个人的部落	/162
双枪女英雄	/168
蒙古人与马	/174
蒙古人与腾格里	/178
蒙古智慧——蒙医药学	/180

诺尔乌萨

母亲坐在悬崖上	/185
雪野猎雄	/190

夕格山里的雪

杨素筠

  题记：羌人，一个从五千年前走来的远古民族，辗转迁徙，伤痕累累。他们"一路悲歌，一路哀怨，用鲜红的血液把一段段坚硬的山路浸软；用温热的身躯把那一页页残酷的历史充填"。我所写的夕格，在2008年5月12日前，它是由几个甚至十几个自然羌寨组成的一个古老村子，今天，它却已经成为被历史即将遗失的又一个羌的符号。

  2004年冬，这是一个多雪的冬季。雪没完没了地飘落在夕格山坳空寂村寨的上空。这次上夕格高山，是我与年轻释比永清年前就约定好的。我们俩约好，要在春节前，上山看望独居夕格高山的老释比，永清的师傅杨水生。这次上山，特意来学习师傅唱释比经诗。

  每天早上醒来，我都能听见雪花飘落的"沙沙，沙沙"声，那细微若软的雪花，不断地打在我房间的木窗框上。这里的雪花总是在早上飘落。

  老释比住着的村子，过去是完全意义上的羌人谷，"5·12"汶川大地震后，由于这里的山体滑坡厉害，无法重建，政府决定对夕格村进行整村移民搬迁。大地震后不久，几百号人就搬迁到几百公里外的邛崃南堡山。留下了一个个孤独的夕格村庄。除当时地震本身的一些破坏外，这些族人，不知是情难舍还是意未尽，在所有家庭离开时，都没有动那些祖祖辈辈留下的老屋一砖一瓦，所以六年后，当我们再次看见这些石碉空寨时，发现它依然坚固如初，这些古宅老屋，是否在期待羌言软语的主人归来？

上夕格高山的路，只有一条羊肠小道，小道应该是地震前的老路。由于山高路远，山下其他村寨的人很少愿意爬上夕格山上来。视野里，我只看见几个牧羊人，他们偶尔出现在那些空旷村寨房屋的小路旁。那些羊倌们，让羊儿自由地啃食着荒芜在地里的那些枯黄的野草，野草已经完全漫过了夕格羌人曾千年耕种过的那些田地。牧羊人，他们或者站立眺望村寨，或者蹲着吸烟，眼光总是掩饰不了那一丝稀许的落寞。

杨水生和他老伴以及孩子们，在"5·12"地震后，按照政府整村重建要求，与全村统一进行了搬迁，被安置到四川邛崃的南堡山。他与老伴舍不得夕格老羌山，舍不得祖祖辈辈生活的故里，第二年又双双回到夕格高山上，过上了孤独的隐居日子。他们重回到这里已经五年有余。他们的儿子和大女儿在内地安置点已经开始了新的生活，很少回山上来。二女儿地震前就嫁在夕格山下的跨坡村，老人回山后，二女儿与她的夫婿常上山照顾老人，还将玉米、小麦种到了夕格高山，那处处撂荒的土地里，春日在土地里种植玉米和小麦，夏日里忙着除草施肥，农闲之余就放羊牧马，时常能照顾二位老人。

我一个人睡在石碉房的二楼，睡在楼下的小释比永清和老释比夫妇还没有起床。每天我都会为看雪而早醒，不想打扰大家睡觉，我就不打算早起，也免下床时把地板踏得嘎吱作响。我将身子靠在床头上，顺手微微打开窗的一角，便有雪花飘到我脸上，我静静地享受飘飞的雪花带给我冰冷的亲吻。

顺着窗口，望得见夕格下山方向的那条小路，那里几乎没有路的影子，这雪其实又下了一夜。

透过石房子的这扇窗，我可以看见山坳飘着雪花的全景。雪完全覆盖了山坳里搭建的那个大羊圈，圈的木栅栏上积满了雪，偶尔也看见堆积过大的雪一坨一坨地从木栅栏上滚落下来，滚落的雪会牵着一整块木条上的雪跌落在地,雪跌落处露出黑色的木条。

这时,不知从什么地方飞来了一群鸟儿,鸟儿们站在木条上,拥挤着,像是在相互取暖,很远都能听讲鸟儿的"唧唧、吱吱,唧唧、吱吱"低鸣。这样的早晨,我也能听见羊儿们"绵绵,绵绵、绵绵"的高叫声,我不知道它们是冻着了还是在欣赏眼前的雪的美。

留在山上的那几匹马,在马厩里默默地咀嚼着干草,我远远地就感觉他们吃得有滋有味的心情,也闻见了它们鼻子不时发出"噗噗、噗噗"喷着鼻息的声音。那些草和豌豆荚是我和小释比永清昨天晚上给他们添加在马槽的料。看见马儿们很安静吃草的样子,我想它们与我一样,定是喜欢上了这一坳飘飞的白雪。

这样的早晨,除了羊儿和马匹,我看见的还有满眼的雪,还有这静静的雪的早晨。

正当我想得入神的时候,听见楼下木板的门"吱、吱、嘎、嘎",我知道小释比永清和阿孃起床了。

看见窗外飘出的炊烟,我知道永清已经给火塘添了新柴,他总是想早早地给师傅熬上一壶老茶,当然也是大家的早茶。于是我也就不再赖在床上看雪了,起床下楼,来到火塘旁。

阿孃抱了一堆柴火,从雪地里走回火塘的房间,她将柴火放到火塘边,我们围着火塘。这时茶已经烧开,阿孃的玉米馍馍也慢慢烤熟了。吃饭前,她突然用羌语告诉我,她想给我唱一首歌《花儿纳吉》,我和永清拍手表示了坚决同意。于是,她轻轻地清了一下嗓子,唱了起来:"花儿纳吉,姐姐你呀,有山有水有吃,姐姐勒呀,姐姐尔勒,花儿纳杰,姐姐尔呀,姐姐尔勒,花儿纳更片,姐姐而勒……"

歌声婉转动听,七十多岁阿孃红红的脸庞,在火塘的光焰照耀下显得更加慈祥和美丽,她轻轻启动着轮廓分明的嘴唇,尽量用低沉的嗓音唱着,我看见那声音飘出了石头房子的窗户,难道这歌声,它们是要飞去找回往日一起唱歌的那些阿妈和阿姐吗？想让她昔日的姐妹们听见吗。

村前的山坡，那棵老白杨树下，有一个释比的古老唱经场，每天小释比永清和他的水生师傅就在那里去学经，每天我都能听见羊皮鼓敲击声，在空旷的山谷里久久回荡，旷旷旷、旷旷旷、旷旷……

来这里之前，我不知道，这山里的雪是如此美、如此静，杨水生释比的诗歌如此长、如此多。这次，是释比永清正式拜师后，第一次专门上山全面学习水生师傅唱解释比经。杨水生释比是羌人谷的老释比，威望极高，他可以一次就唱诵大概五千多行的羌族古老经诗。

这次我也就有了一次全面了解释比唱经的机会。我帮永清反复地录制着唱词，我用自己很欠缺的那点羌语言艰难地理解着每一段诗文，永清每听一段就给我解释一段，让我对羌人的木比塔、木姐珠、斗安珠、白石神、远古羌、羌族群、鹰骨笛、诗神喜多吉、释比羊皮鼓、猴头帽，上天给予的大豆、玉米、核桃、麦子、青稞，自然界带来的湖泊、山川、大地和粮食有了深深的敬畏。

下山的路上，永清给我讲起一个故事。他说"5·12"大地震前几年，羌人谷里不知怎么突然刮进一股挖掘单耳土陶罐的发财妖风，一夜间，上千座古羌石棺墓被盗，仿佛一个千人夜战的大工程，几百支手电筒在漆黑的夜里像幽灵一样漫山摇摆，整个羌人谷的坟山被盗墓者掏空，这是一场空前的人文浩劫。当地人也有参与者，永清也真实地听见这么的话语在漆黑的夜空里游："阿爷，我们自己不去挖家里的老坟，别的人就会一夜给我们踏平，你就同意我们几个不孝子孙早点去把坟挖了吧。"那被称为爷爷的尊者发出了一声长长的哀叹："天啊，老天爷呀……"说完这句就是一串胸腔里发出呜呜声，伴随着老者不断咳嗽的声音。永清只听见那个爷爷摇摆的脚步声跌跌撞撞地，踏着松垮的泥石滚过山梁，逝去。

下山路上，我听见风吹过空羌楼的上空，发出"呜呜"声，"呜呜"声回荡在深深的山谷里。风，它是在寻找昔日那些熟悉火塘的炊烟，还是在寻找头缠白头帕美丽的女主人？留恋的风，它难道不知道夕格那些古老的炊烟不会再升起，那个美丽的夕格女主人她也不会再回转吗？

回望那一山一坡的风景，村寨依然，山水还在，仿佛羌人刀耕火种千年的耕作田园还是当初的模样。想着那些炊烟不会再从夕格石头碉房的上空升起，牛羊也不能在昔日主人的吆喝声里远牧和归来，我的内心深处，便有了一道被冰刀划过的彻骨伤痕。

释比永清用一本日记，完整地记载了夕格人移民搬迁开始的一百天故事，记载了夕格羌人与故土生死离别的《阿尔一百天》，被他印制成了册，那一百天记忆不可复制，它也会深深地烙印在夕格人和羌人胸膛的最深处。

回望那山，老释比的羊皮鼓点仍然在老白杨下"旷旷、旷旷、旷旷"的回响。老释比夫妻真的已经老了，他俩是这群山空寂寨子里唯一的居民和守护神。

回望那碉房，他们栉风沐雨用凄美的姿态站立在夕格群山里，一路上都能看见，依然裸露在山谷里的那些巨大的岩石，那都是那场大地震时垮塌的巨大山体，凌乱的岩石无处不在，我行走的脚步变得跌跌撞撞，止不住让泪水跌落进我脚下的泥土里，泪，难道它也不愿离开这片土地？

我多么希望这雪不要再融化，让夕格村落全部被遗失在白雪封存的记忆里。

2015年8月夕格随笔

云水之间的西索古寨

杨素筠

题记：这寨子有一个传奇故事，第九代卓克基土司官印和一些官寨重要文物都存放在这寨子里，每家每户轮流保管那官印一个月，但谁都不知道这月该轮到哪家了。现在如果需要展示，村主任就会出面把这些宝贝给找出来，真是太传奇了，让人感觉有些匪夷所思，也许来游玩的客人无意间就入住了那官印下榻的藏房里。

到阿坝州马尔康不去看西索古寨，如同到中国不登长城。与卓克基土司官寨隔河相望的西索古寨，以其独具特色的嘉绒藏族传统民居建筑风格魅力吸引着海内外的游客，是数百年来多元文化交融沉淀的一枝文化艺术奇葩。2006年被列入"四川省第二批民族民间艺术锅庄之乡"名录，成为向世界展示嘉绒灿烂文化的窗口，多少年来，这古寨的民族民间艺术不知拨动了多少人的心弦。

登上官寨的高山俯瞰，古寨碉房鳞次栉比、错落有致、规模宏大，犹如一座具有悠远历史的古堡，安然地坐落于壮丽无比的云水之间。寨子的左右和前面缠绕着流淌的腊足河和梭磨河，湍急的河水到寨前汇合后变得平静又舒缓，打着漩子不肯离去，古寨有了碧波轻荡的灵气，紧依白云缭绕的查果圣山，又仿佛是镶嵌在云水之间的一株硕大而绚丽无比的珊瑚。1286年，卓克基土司封制后，在茫茫的雪域高原群山的怀抱中，有这样一个厚重古朴的嘉绒藏寨，数百年来立于白云山水之间，岿然不动。

近读西索古寨，卓克基工匠们鬼斧神工般的建筑技艺撼人心魄，少量的黄泥黏土却能将大大小小的石块精确巧妙地紧紧咬合在一起，把建筑者的审美理念、精湛的技艺和嘉绒藏民的性格、情怀表现得淋漓尽致，许多碉房有二三百年历史了。徜徉于青石板的石径上，慢行在片石堆垒而成的寨房中，你仿佛穿越时空到了昨天，那释读岁月的青石板和达旦轮寺七百年来不绝的诵经声是在述说着古寨的前世、今生和未来。昔日的梦想，今日的辉煌，岁月的沧桑，都镌刻在这些大大小小的石块上。经过数百年风霜雪雨的洗礼，墙体石片在阳光下散发出一道道醉心的亮彩，你不由得产生一种想去摸摸那岁月的冲动。这里有私家经堂、煨桑白塔、藏式装潢以及太阳月亮图绘崇拜、佛教痕迹到处可见。

和所有嘉绒民居一样，西索古寨民居也是"垒石为室"。这三四层建筑物，底层为畜圈，二层以上为人居用房，最上层为经堂，充分体现了嘉绒藏族"神""人""畜"三界共处的思想。窗框上均装饰着嘉绒特色绘画，房顶盖着石板或红瓦。寨子内横来直往，穿叉交错的青石板小道蜿蜒曲折。整个古寨由67座碉房、54座白塔、1个寺庙和寨子中心的2个锅庄广场构成。石头建筑与蓝天白云、高山流水、田园森林等自然环境浑然天成，红色的瓦片，飘动的经幡，奇特的符号，煨桑的袅袅青烟给寨子增添了几分神秘。

当年寨子里只有十二户"科巴"（土司的传令人），目前已经发展到六十多户。当年随着土司封地和疆域的扩大，各领地头人都要派人到卓克基土司官寨当差，逐步修建了沙尔、草登、龙尔甲、达维等地的数十个办事处，随之而来的手工艺人和小商贩也就在这里落户下来。这寨子的烤酒技术和银匠手工艺术在藏区非常出名，今天寨子里九十岁高龄的孙贵生和严木初老人还能清楚地回忆起当年的故事。路业康大伯说："当年给土司打制银器手艺精湛的有古安东、严木初、孙贵生、杨袁旦等家族。"杨袁旦家独传的"技巧四环藏戒"在整个藏区是一门绝技，这种戒指有四个环，环上共13个独立的花朵，如果不教你方法，你没法把13个花朵装回原位。

"现在这里每家都有家庭小烤酒作坊，当年烤制'土司家酒'时，往往在一口大锅里放一个无底的桶，桶里放上青稞和酒曲，再在青稞上放上一钵，然后将另一口放上冰水的锅盖在木桶上，加热，桶里发酵后的酒挥发到上面的锅底冷却后滴入钵中。今天还沿用当年烤酒工具。"高原的气候造就了高原人家都能自酿烤酒，酒又练就了高原人豪放的品格。你只要在这待上3天时间，就可以把烤酒做完。在锅庄的旋律声中青稞烤酒会让你醉到天亮，美丽的嘉绒姑娘和豪放的藏族小伙会为你演唱那动人的敬酒歌《阿拉江色儿》。马尔康是嘉绒锅庄的故乡，嘉绒藏族人能歌善舞，今天盛行于世的《阿坝藏羌锅庄》的收集整理者杨东方老师就住在这村里。他时常会带着原生态锅庄队来到广场，他也是那"技巧四环藏戒"的第五代传人。

加拿大籍中国笑星"大山"曾在路大伯家住了一宿，他说："这是非常令人神往的圣地。"有心的路大伯在自家的客厅挂了布艺的留言簿，留下了诸如北京俱友摄影俱乐部"摄影的天堂，胜过新都桥，相机吃饱了，我还会再来、再来……"长江民族师范大学赵峰"美丽的西索，难忘的风情，淳朴的民风，好客的民族"等洋洋洒洒千余人的签名留言。现在由政府引导，西索古寨正积极开发旅游，寨民正以热情而古老的风俗礼节迎接八方来客。这里日可接待三四十人住宿的家庭已有几十家。今年寨子里很多人家又在增添卫生间和床铺设施，全村的牲畜已基本上进行了集中圈养。这个村寨还专门成立了西索旅游协会、西索锅庄协会，负责接洽安排旅客的吃、住、娱乐等。协会规定这里玩游、吃住一天共只需六十元。每日三餐可以提供不同的民族特色餐饮。

　　这里浓郁的民族民间气息令人神往,这里淳朴原始的民风民俗令你感觉别样的情调,愿这云水之间的古寨情思能将你的思绪带到遥远的昨天。

2008 年 2 月于马尔康

松潘记忆

杨素筠

"火烧天火烧天，背着馍馍走松潘。火烧地火烧地，背着馍馍走草地。"童年时代，我常从奶奶那里听到一些独特的谚语，虽然，今天能清楚记得的不多了，但是，这两句茶马古道时代走松潘的谚语我却记得。

自古以来，我家乡茂州的人们频繁于走松潘讨生计，祖辈要从老家茂州土门到松潘和更远的安多草地做生意，出门看天气是一种常态。松潘往事里有我爷爷的故事，更有我奶奶的故事，松潘在我家人的故事里，故事深扎在我家几代人的心坎里。

松潘自古就以商贸饮誉四方，自1775年清乾隆皇帝平定周边地区后，松潘就成为一个军事要塞，其后发展成为一个贯通中国西北和西南的非常重要的商贸中心。一百多年前，一位英国园艺学者和探险家威尔逊三次来华，他也曾三次到过松潘。他第一次从灌县经威州到达松潘，后来的两次从北路的石泉、安县、绵竹、北川，经茂州等到达松潘。《威尔逊在阿坝》一书里这样描述道："在松潘贸易道路有三个渠道；向东通过龙安府到达中坝，向东南通过茂州石泉到达安县，第三条是经威州通过灌县到达成都。头两条线路的货物通过中坝和安县的水路到达长江的源头重庆运去各地。"他于1908年路过我的老家，并拍下了土门三元桥壮观的图片，茂州土门就处于他书里描述的第二条绵竹经安县到松潘贸易道上。

奶奶出生时恰好是这位威尔逊先生经过老家茶马古道去松潘的年

代。在我刚懂事的时候，奶奶就给我讲：1933年叠溪大地震的前两年，十五岁的奶奶从土门观音梁子郑家嫁到了土门教场坝的爷爷家。郑家在观音岭茶马古道上有个大客栈，起名"郑大火塘"，奶奶嫁给爷爷家作了长房媳妇。村里人说，年轻时候的奶奶身材修长、身段优雅、鼻梁高挺、眼眶深陷、眼睛成浅蓝色、皮肤如桃、白里透红、还说奶奶好似观音岭观音娘子的化身，善良、美丽、勤劳，一身蓝色的绣花羌装让她更显得美丽又端庄，她是方圆几十里的大美人。

观音岭郑家，因客栈的大火塘直径宽达八米而出名，被来往客人形象的称为"郑大火塘"。郑家人勤劳善良，代代出美女，生意越做越红火。奶奶出嫁那时，客栈每天都有百余号客人歇脚，客栈马厩可容二三百头牲畜同时吃草料，每日接待来往于绵竹、北川、安县和茂州松潘之间的商队、驮脚、背夫，路过的国民政府官兵也时常在客栈歇脚。奶奶告诉我，观音梁子常年驻守的政府官兵上百人，既打击着来往的强盗，也负责收缴来往于山内外的赋税。威尔逊在书里描述说："这条古道上人流很繁忙，来往于松潘的苦力和驮队，他们在这个路上搬运着羊毛、羊皮和中药，也把茶叶、白酒、稻米和布匹运往松潘草地。"

我爷爷杨家住在土门教场坝，杨家世代习武。校场坝正东边有个杨家的大祠堂，在祠堂正堂上挂着清政府赐予杨家的文武状元牌匾二十余个，在教场坝后山的杨家墓地里，被明清官府赐予杨家可用红棺木安葬武将数十人，教场坝杨姓人家居首，杨家从武也经商。奶奶出嫁前，奶奶的哥哥已娶了爷爷的妹妹到观音岭郑大火塘作了长房媳妇。当时，羌人喜欢调换亲，亲上加亲，门当户对，爷爷英俊魁梧，一身武艺，爷爷与奶奶的结合，当时被认为是金童配玉女，天造地设的好姻缘。

当时爷爷正值年少，他主要负责杨家茶铺和百货生意，虽也收购土门出产的沙金和山货，但是大宗的百货生意来源还是要靠岷江上游松潘草原的羊毛、中药、羊皮和绵竹、安县、擂鼓镇的茶叶、白酒、稻米和布匹等。祖父在爷爷很小时候就开始带着他们跑松潘做茶叶、白酒、中药和皮货贸易，由于祖父的勤劳，奶奶嫁到杨家时，爷爷家也有磨坊两家，百货铺一家，茶店一处，银饰店一家，祖父还在土门开私塾一所。

在奶奶怀上我的爸爸不久，那年收割粮食的季节，我爷爷第一次单独带着二十余人和数十匹骡马前去松潘，去松潘草原参加一年一度盛大的七月贸易节。松潘处于中国西南连接西北的要冲，历来是兵家必争之地，是历代商贸集散地，民族走廊。威尔逊曾这样描述："如果命运安排我在中国西部生活的话，我别无所求，只愿能够生活在松潘。这里可以骑马打猎，可以研究奇异的民俗，更不用说这里的植物了，这座城镇是聚所有中国西部魅力为一体的地方。"每年的七月松潘举行大型的贸易会，草原、山地、内地的人们四面八方会集在那里，交易的规模很大，收货的马车还会进入位于青海库库偌尔交界的地区，羊毛、兽皮、枪支弹药和各种名贵药材从松潘大量进入内地，内地的茶叶、白酒、布匹、稻米、盐巴进入松潘草原。

奶奶说，爷爷那次是准备到松潘贸易会上卖掉这些百货，再去贸易会上收购中药、羊毛和兽皮，也计划去漳腊买回一些金银。那次爷爷带着杨家几乎大半的家当去了松潘。往常去松潘做贸易，一般一个月就回来，那次，可是等到第二年我奶奶生下孩子的时候，她也没有见到我爷爷和家乡二十多个人回来。

爷爷和家乡那些壮汉们连人带货不知去向。年轻的奶奶在惊慌失措中早产生下了孩子，对丈夫的牵挂让她没法在家等待，虽然祖父已带着很多人去松潘寻找了两次，但是奶奶不愿相信年轻英武的丈夫会消失，会丢掉她和孩子而不顾。在1933年春寒料峭的三月，我奶奶毅然决然地带着刚出生十天的孩子踏上了去松潘寻找爷爷的道路，那年她还不满十七岁。

奶奶第一次出远门，见到任何有人的地方她就去探听，不分白天黑夜寻找爷爷的踪迹。由于体力和心力严重透支，一路跌跌撞撞，走出茂州城不远的杨柳村地带，她整个人已经累病了，在杨柳村寻了一户人家睡下，茶饭不思大病一场，孩子差点也断了奶，祖父寻了个郎中过来给奶奶把脉，吃了药，补养了十几日才算缓过气来。这时祖父积劳成疾，心病加伤寒，一病不可收拾。岷江河谷冰雪路难行，要去松潘路途变得遥远莫测，奶奶带着病危的祖父和孩子转回校场坝，不久祖父便撒手人寰，祖母一病不起。家里的主要男劳力和依靠全部没有了，看着比自己还小好几岁弟弟妹妹们，奶奶咬紧牙关不敢再落泪，安葬完祖父后，她第二次带着三个月大的孩子踏上了寻找丈夫的道路。

一个年轻女子带着几个月大的孩子，混入了驮队中，她一路上巧妙伪装，总算逃脱被棒老二抢劫的危险，一路的艰难险阻，无数次的生死考验，行走十几天终于到了松潘。松潘城四面皆厚厚的古城墙，厚度和高度都达二十多米。城东门面临岷江，河水绕城由北流向南，南门面向茂州，西门靠山，围墙蜿蜒到西山顶上，西门主要用于防范大草原的兵患，北门面向漳腊金矿。松潘古镇商贾云集，松潘城内繁华无比，各种货物琳琅满目，店铺比比皆是，以回族人的商铺为主。奶奶走访了城内丰盛号、义合全、丰立生、聚盛源、裕国祥、大盛原六大茶号和裕厚长、锡丰、利贞长、利亨水四大商号，访问了城内一百多家坐商，一千多家游动商。有熟悉的人告诉奶奶在七月贸易会上看见过爷爷和他的驮队，也有人说爷爷的驮队去了漳腊方向。

奶奶一路寻访到了漳腊。当时漳腊矿大小几十个金洞，漳腊金矿被国民政府严格把守着，漳腊河岸城墙高耸，想进矿区不容易，后来国民政府还在漳腊修建了飞机场。松潘是各种大宗生意的黄金口岸，漳腊是淘金者的梦想天堂，一辈又一辈的淘金者，从四面八方涌向这里。漳腊繁华至极，街上各种族别、各种装束的人们川流不息，偶尔也有高鼻子大眼睛的洋人，有很多穿着漂亮皮装的剽悍草原藏人，也有很多苦力和劳工。漳腊有很多的饭馆、旅馆，杂货摊点，坐商店铺。

　　奶奶已花光了盘缠，金矿不能进，她找了一个矿工每天必经的路口，在一个角落里摆上从回族商人那里打来的油饼子和糖果摊，等有矿山的人出来就去打听我爷爷的下落。每天都有成千的矿工从矿里出来，他们在金洞里劳动几日才会有机会被换出来，每天换班后，要出矿山的人全部要脱光衣服接受检查，就连草鞋都不准穿出矿门。在洞里劳苦多日的矿工，换上衣服，他们都要镇上来消费，喝上几杯小酒，吃上几碗羊肉泡馍放松一下。漳腊镇上的各种商铺饭馆，酒馆很快被矿工们坐满，奶奶几乎问遍了所有的新老矿工，慢慢地很多人与她熟悉了。"带着孩子回吧，你可能找不到他们了，每天几乎都有人死在矿洞里。"很多人很同情的劝着她。每次来，她总是苦苦期盼着爷爷能奇迹般出现在某个金矿门口，好心人家也会收留奶奶和孩子夜宿。

　　附近所能找的山沟、小矿、市场、村子和牧场她都去打探，没吃的时候，她也去帮人收割庄稼挣一点面粉，帮人卖饼子挣两个饼子来充饥。1933年8月，震惊世界的茂州叠溪大地震发生了，松潘也遭受了惨重的灾难，松潘各方面生意也大受影响，眼看冬季来临，她只有随着熟悉的马帮绕道平武回到了土门校场坝，孩子在她的一路奔波中也坚强的活了下来。在我的爸爸一岁时候，绵竹一个大地主请人到杨家提媒，要娶奶奶做正房，被奶奶婉言拒绝。

　　1935年5月，红军北上打响了土门战役，红军取得了土门战役的胜利，土门一战红军也牺牲了无数的官兵，战斗停止后，奶奶动员家人，请来工匠赶制了十二口红棺木，将土门战役牺牲的红军将领全部安葬在三元桥旁边杨家磨坊后面。

奶奶用了整整四年时间，带着孩子十多次上松潘，风雨无阻。帮人背茶包子，帮人收割粮食，卖小百货度日，当时没有女人背茶包子，路上几乎不会有一个女伴。当遇见女人特殊情况经期时，她只能远远地落在男人队伍的最后面，等雨停后跑到无人处把裤子脱下挤干雨水再穿上。受尽风霜雨雪的折磨，一个柔弱女子，在生死线上不知道挺过多少回，最终也没有找到她心爱的人。

没有找到爷爷，奶奶继续留在杨家，大地震第二年，整个岷江河流域和茂州地区遭受了震后大瘟疫，家里的生意在大地震和大灾荒中衰落下来，家里也需要她，为了一家人的生活，她要照顾各类生意，无奈只有等有能力后再去松潘找她的爱人。辅助祖母带大了爷爷的三个弟妹和自己的儿子，为祖母送了终。她带着弟妹们勤劳苦干，几年后慢慢恢复了两个磨坊、茶铺和百货店的生意。中华人民共和国成立后，我爸爸从土门走出去，成为土门街第一个参加革命工作的年轻人，作为茂县革委会派驻阿坝县第一批工作组成员。奶奶经营的生意也越来越好，她也继续去松潘做生意，爸爸的大弟弟、我的二爷爷伴着奶奶活到九十岁，二爷爷先于奶奶二年去世，奶奶老的时候，按照她的要求，爸爸将她安葬在爷爷曾种的那片苹果地里，她要在那里等爷爷的灵魂归来。

现今八十三岁的爸爸，还能清楚的给我讲述奶奶的故事。

今年，我应邀参加了松潘笔会，这是我第三次走进松潘。松潘古城墙依然那么高耸而巍峨，岷江河缓缓流淌，由城北流向城南，安多草原的西北风，带着一路上冰雪的羽翎和青草的芳香，或呼啸或柔情，缠缠绵绵地着掠过松潘古城上空，伴随着千百年那些荡气回肠的边塞往事，消融在岷江弯弯曲曲的沟壑里。一千多家商铺坐落在松潘城内，安静而祥和，古老街巷具西北风格更具江南情调，商家们忙着各自的生意，城内城外商贸繁华却不过度喧嚣，操着南腔北调口音的客人与商家慢悠悠地谈着买卖，更多的客人是到这里购物观光。城市建筑古风犹具唐宋遗韵，这是川西北独一无二、集商贸旅游度假为一体的高原城市，我们所住下的东盛来客栈是典型的唐宋风格的四合小院，让人有种挥之不去的怀古情绪。城内这样的新老客栈比比皆是，藏、羌、回、汉各民族和谐相处，商铺鳞次栉比，商品琳琅满目，民族特色浓郁。今天，边塞诗人高适笔下"为问边庭更何事，至今羌笛怨无穷"幽怨的历史已经一去不复返了。

笔会后我特意留下半天，来到漳腊村。昔日国民党那个繁华的漳腊机场，如今已被一片紫色熏衣草地所掩盖，往日为淘金而修筑在漳腊河岸的那些城墙早也不见了踪影。漳腊依然是一个繁华的大镇，镇里的人们来来往往做生意，村里的人们悠闲忙农事，他们说这里依然还有很多金矿在开采中，漳腊金依然世界闻名。

过去漳腊金矿地区今天被叫作金子村。走进村子，捧起一块漳腊的泥土，仿佛看到祖辈们在这块土地上流过的血，也仿佛抚摸到他们流过的泪，我思绪中不断出现一个年轻女子为寻找心爱的人，那种坚贞而不屈的心酸往事。靠在一段黄土夯筑的老墙上，我想这墙一定是那久远故事里的一个章节吧，忍不住用手轻轻抚摸着它。这时从村子里走来一位老人，他问我在找什么人，我不知道该怎么对他说我的心绪，我说找羌族杨姓人家，他说这个村有很多族别，我说那干脆我自己慢慢找，他点点头走了。其实我知道，我和当年奶奶的一样，什么也找不到，不知道我爷爷他安眠在何处，我只想在这块土地上深情地走走，本能地将脚步放轻又放轻。

2016 年 7 月 10 日于马尔康

我的母亲

敏奇才

那天，母亲从乡下家里带了点杂七杂八的东西，背了一大包，在楼下喊寰儿。母亲是来看她亲手拉扯大的孙女寰寰的。妻子下楼去接母亲。在她们说说笑笑地上楼梯时，我发现母亲掩在黑盖头下面的脸庞有点苍白，但仍洋溢着喜悦的笑容，她的步子迈得很缓慢也很吃力，似乎是在攀登一座大山。我的心里咯噔一下，母亲的腿是有病的，是走不快的，也走不稳。想到这我的心就隐隐作痛起来。这十几年里，我凭着手中的笔，写家乡、写乡亲，曾一度写得手酸，但就是没有系统地写过母亲。这几天，我思谋了许多，决定系列性地写写母亲的一生。

一、一把弯镰

家里檐柱的镰夹上牢牢地挂着一把明晃晃的镰刀，像清真寺脊顶上闪耀的那弯新月。那是母亲用了好几年的一把镰刀。以前母亲用过好多把镰刀，有铁匠铺里打的镰刀，也有街市上现成买的镰刀，自己掏钱用钢板打磨成的镰刀。母亲的手里用过的镰刀很多，对镰刀有很深的见解。

她说，铁匠铺打的镰刀，割庄稼能揽田，茬口低，塄坎上割草不撒，能收拢得草，但就是刀口老得快，费时费力。街市上现成买的镰刀，只能随便用用，凑凑紧可以，初学割田的人用着顺手，轻巧，不拉力，但就是上不了大场合、大排场。而自己用薄钢板打磨的镰刀用着顺手，也能揽田，而且割田茬口低，刀刃也老得慢，省力省时也省心。母亲挂在镰夹上的那把弯勾似的镰刀就是父亲亲手给母亲打磨的。那年，有人曾用四把铁匠铺里打的镰刀换那把镰刀。父亲笑着说，就是五把也不换，那把镰刀用着既省老伴的劲也省我的力。来人笑着摇摇头不置可否地走了。他也许是笑父亲怕母亲吧。但不管怎么说，那把镰刀用了好几年，母亲就是不肯撒手，就是家里人用一下，她也不允许，说把她镰刀的刀刃怕打豁了。

那把镰刀就是母亲的宝贝。就是用成了一把弯月也不让别人用一下。父亲有时候开玩笑说，等把这把镰刀用坏用烂了，再给你打磨一把更好的镰刀。母亲狠狠地说，这把镰刀谁也不能用，它不能用了就让它挂在镰夹上放着，就是不能让其他人用。

家里谁都知道母亲珍爱这把镰刀。于是常常拿这把镰刀跟母亲开玩笑。有时候和母亲一起说笑的时候，父亲就猛地转过头，朝院子里大声喊道："寰寰，把你奶奶的镰刀放下，甭到石头上砍，砍坏了！"母亲就急匆匆地奔出屋子，朝檐柱上望去。看到镰刀好好地挂着，就嘿嘿地一笑，笑得甜甜的。于是我们就从她那甜甜的笑容中看出了母亲对生活的一种惬意。

母亲再也未用过新镰刀，她挥不动新镰刀了。她只有用她那把用勠的镰刀，闲的时候给牲口割点青草。虽然不怎么用镰刀了，但她还是要把那把镰刀磨得锋利无比。她常说，镰刃就像人的牙口，要常磨着才硬梆。人有时候，也要像这把镰刀一样磨一磨，磨利锈钝的心智。母亲很哲理地说一些话，这些话我们是说不上的，只有母亲才能说得上这农民式的哲理。

母亲常拿那把镰刀磨一磨，其实，她磨镰刀的时候，也在不断磨新自己的记忆，回味过去的岁月。磨好了镰刀，然后沉浸在一种美好的回忆中。

二、一根老担子

家里没有了猫,老鼠就在灶房里肆无忌惮地窜来窜去,犹入无人之境。于是三弟就不时地守在灶房里想一心把那几只祸害人的老鼠给捣下来。有一日,又有老鼠在椽条缝里窜来窜去,三弟悄悄地下地拿上一根竹竿狠狠向老鼠戳去。但这一戳不仅没有戳到老鼠,反而把母亲安放在椽条缝里的担子捣了下来。担子翻了一个跟头,平平地落下来啪地摔成了两截,差点把母亲的心摔碎。

母亲心疼地把这根担子收好,并且念叨了好几天。这根担子在奶奶的肩上磨了好多年,直到把奶奶从一个年轻媳妇磨成了老奶奶。后来,母亲进了门,这根担子就磨在了母亲的肩上,每天鸡还没有叫的时候,母亲就挑着担子沿着羊肠小路到山里去给奶奶挑洗干净的泉水。这一挑就是好多年,风雨无阻。现在担子摔断了,让母亲很是痛心,这根担子是奶奶留给母亲的念想。过了一段时日,父亲偷偷地把两截断开的担子当烧火柴扔在了柴房里。母亲找着又用绳子缠好后放在了厢房里,不让人碰它。

这根担子摔断了,不仅母亲的心里难受,大家的心里也很难受。这根担子毕竟在母亲的肩膀上颤悠了几十年,颤悠着磨走了母亲的青春,磨大了几个儿女。直至磨得明光光的,没有了棱角。其实,一根担子磨成了这个模样的时候,也磨走了人的棱角和性子。母亲就这几样顺手的东西:一把用弯的镰刀、一根磨光的担子、一个残边的背篼。现在担子摔断了,母亲说,担子的筋骨用酥了,像人一样,几十年下来,说老就老了,再也挑不起生活的担子了。母亲说这话的时候,眼里有了一丝泪光。这个时候,大家只有默默地看着母亲的眼睛,不敢再说什么,怕说到母亲的伤痛处。

母亲靠一双肩膀挑起这根担子，把我们兄弟几个养育成人。我们小的时候，村里没有自来水，家里吃的水全靠人用一双肩膀到很远的泉上去挑。泉离家很远，流量也很小。天不亮的时候，勤谨人家的媳妇和姑娘就已经从泉上挑回了满当当的一担水，那些懒惰人家的媳妇和姑娘只有等到大天亮再去挑水，天亮时分，泉水已让人挑干了。母亲常常是半晚上就去挑水，等别人家的媳妇和姑娘开门挑水的时候，母亲已经是第二次出门去挑水了。所以那时候，我家碗里的水常常是清澈明亮的，没有别人家碗里的那些黄汤和泥沙。因此，我们的牙齿至今白生生的，没有那像镶了金牙的黄牙，让人看着挺奇怪的。

后来，村里安装了自来水，但由于水库小，水的储量不大，给牲口的饮水还得用人到泉里去挑。母亲还像以往一样，天不亮就挑回了泉里的水，然后放在檐台上，等待太阳的到来，等太阳晒热了泉水，母亲再端给那些牛啊羊啊鸡啊的。尤其是冬天，母亲挑了水来，便要放在灶房里暖一暖，不让牲口喝冰水。她说，牲口喝冷水或是凉水可以，但千万不能喝冰水，冰水拔牲口的胃气呢。别人家的牲口不上膘，就是冬天喝了冰水的缘故。但不知母亲说的是不是有道理，但我家的牲口就是上膘快。有人认为我家给牲口喂什么大料呢？但看了我家的牲口料之后，就想不通了。

前几年，村里扩建了蓄水池，自来水不但够人用也够牲口用了。母亲的担子彻底地歇了下来，母亲就把它用布缠了放在了灶房里的椽条缝里。

担子断了，母亲的心里像丢了一段记忆，空落落的。

母亲老了，记忆像摔断的担子，接续得吃力而又困难。

三、一只残边的背篼

南面柴房里的横梁上挂着一只背篼，沿边的竹骨乱扎着，周身的竹骨变得黑黄斑斓，只有靠背的一面被人的衣物磨得光滑而油亮，像打了蜡似的。其实那是母亲背上的汗水浸洗摩擦的原因。母亲常背着这个背篼拿上镰刀到山里的田埂上去割青草。母亲出去的时候是顶着烈日背了一背希望，而回来的时候则背回来了一背青青的生命。母亲就用这个背篼喂养着十几只羊儿和两头牛。羊儿是一切家务花销的来源，牛儿是全家那二十几亩的劳动力。没有羊儿，几个孩子就穿不上新衣服，盐罐子里就没有盐可盛，油缸里就没有油可放。没有牛儿，家中那二十几亩田就耕不了，一家大小就会吃不饱肚子，所以母亲就格外爱护疼惜那些羊儿和那两头牛。很多时候，母亲是把羊和牛当成了家中的成员。我记得，有一年，村里来了一个买羊的人，父亲忍痛割爱地卖掉了一只羊给我们缝衣服，结果母亲哭着心疼了好几天，像挖掉了她心上的油一样疼惜。

母亲每天都是空着背篼出去，然后背回满满的一背青草。黄昏的时候，母亲蹒跚在山道上，身后扯下了一条长长的身影。

后来，人们都用上了拖拉机，耕地不用牛了，村里的牛就开始一头一头地减少，最后我家的那两头牛也被人买走了，但养惯了牲口，母亲一下子闲了下来却有点不适应，于是父亲就买来了一头奶牛。母亲又在青草青青的时候忙着给牛割青草。这时候，其他家的羊儿也卖光了，只有我家的羊儿母亲舍不得卖，还是那样养着，但已经是没有谁关心那几只羊儿了。父亲天天喊在嘴上，却也没有把羊儿卖掉，照着母亲的吩咐喂养着羊儿。有时候还能帮着母亲割回一背篼嫩翠的青草。

背篼用的时日一久，那柔软的竹骨就变得坚脆起来，不是这儿裂就是那儿断的，母亲想方设法延长它的寿命。母亲先是用废布料把背篼的沿子包起来，再用针线缝上，这样背篼就在用的过程中减少了摩擦和碰撞的机率，自然地延长了寿命。再后来在用的过程中背篼的筋骨断了，周身的竹骨没有了主心骨随之也就破烂得不成个样子。母亲就再次用布包着裹好，挂在了南面柴房的横梁上，成了母亲用来教训儿女的有力证物。母亲常指着那只破旧的背篼叹口气说：人老了，就像那只没用的背篼一样，没有一点作用了，只能丢在柴房里当一个弃用的东西保存起来。母亲在闲着的时候翻看一下那只破背篼，心中就会增添几分豪气和莫名的激动。

看来，那只背篼母亲说不定还要挂很长时日呢。

四、一把老镢头

这把老镢头一直立在柴房墙角里，没有谁动它，也没有人愿意用它，多么像一位让农活苦败的老人啊。让农活苦败的老人，苦不动了，就整日坐在墙角旮旯晒着太阳，不说一句话，闭眼思慕上一阵自己年轻时风光的日子或是洗上小净诵念上一会《古兰经》章节。坐得时日久了，再逗一逗身旁玩耍的孩子们，自己再哈哈大笑上一阵，笑得孩子们莫名其妙。

老镢头静悄悄地立在柴房的墙角里，从来都是一个样子。它的刃口虽然钝钝的，但仍发着一点寒森森的光气，木把子的手握处深深地凹进去了，那是母亲常年手握它劳作的缘故，浅浅的泛着木漆的光。家人都知道，这是母亲又在哪天乘人不注意用碎布擦了它。

我小的时候，母亲还很年轻，用那把宽刃长把的镢头开荒，种田，打胡基，挖地，掏壕，干着样样的农活，但干完农活后，不管有多忙，母亲总要从田边扯一把杂草拣一块石块把镢头打磨得闪闪亮亮的,不让它生锈。母亲的这把镢头由于管护得好,所以用起来也就顺手,于是村里那些年轻媳妇时常来借这把镢头,有时这家刚放下那家又拿走了。有时候母亲自己要用,却找不到镢头,让自己很生气,但生气归生气,东西还是要借的,在农村从来就没有不借东西的人。母亲也不例外,但母亲是勤借勤还,再借不难。借来用了的东西用罢后要仔细地打磨和擦洗干净了才肯还人。但有人借了母亲的镢头用过后却连泥带水地还来,母亲也不生气,悄悄拿到柴房里打磨干净后放着,从来不给家里人说那些清汤寡水的事。

母亲干起农活从不惜力,她的力量仿佛是一眼汩汩流淌的泉水,从来就不知道干涸。从早到晚,从春到冬,一年四季她好像从来就没有闲过。有时候,和母亲坐着扯闲话,问母亲那时候为什么总是那么忙。母亲笑着说,那时候不忙,几个儿子的鞋都做不过来,一双新鞋有时候穿不了一个月。现在好了,当娘的一看儿子女儿的鞋破了,到街上转上一圈,什么鞋买不来。那个时候,手头紧,几个钱都是四个蹄子拼来的,你看到柴房里那把镢头了吗?你们那时候身上穿的、戴的、吃的、喝的,没有一样不是那把镢头挖出来的。那把镢头打地里的胡基、锄草、开荒、砸干灰,也在春天的时候,挖草药换钱。不说了,这些都是过去的事了。母亲一笑就摆摆手不说了。

我想起来了,大概是我才上小学的时候。有一年开春,村里来了一群收草药的药贩子,主要收黄芪和柴胡。母亲起早贪黑地背着背篓提着那把镢头到山野里去挖草药,每天背回一背篓。有时候,在油灯下,母亲就悠长地叹息着自言自语,数着那命似的小钱,算着该给谁添双鞋子了,该给谁买身衣服了。那时候,语文老师天天给我们讲《一千零一夜》中的故事,那些故事一直在我的心头萦绕,我就想要一本《一千零一夜》的故事书。我把我这小小的愿望说给了母亲,母亲笑着说，给你买一本。我把母亲买书的事始终放在心上，母亲也始终把答应给我买书的事记在心里。后来，母亲挖草药攒了钱，给小弟扯了一身新衣服，给我买了双新鞋，又托人到县城里的新华书店给我买了《一千零一夜》。我拿到书后，上课时偷着看，晚上在被窝里看，硬是把它看了个透。也从那个时候起，我爱上了故事书，也喜欢上读书，并成了班上的"故事大王"，天天给同学们讲故事。记得上初中一年级的时候，我还拿过校园课余讲故事一等奖呢。

这些都是母亲用镢头流血淌汗挖来的。

春天到了，母亲会拿上那把钝刃的镢头到地里打打胡基，挖挖杂草。有时，我们劝她把那把镢头扔了，换把新的。她笑着说，用惯了顺手。好在地里的活儿现在不是很多，母亲也没有多少活儿可干，让她用那把镢头她心里舒坦。

我常常在心里想，母亲的这把老镢头今后也许会成为我家的一件老古董而存放着，也许会成为乡村人工劳作的最后见证。

五、一根背绳

母亲是背着青山生活的。山洼里地沟塄坎上瘸连跛摆的人是母亲；背着一捆青草踽踽独行的人是母亲。我不止一次地说过，我的母亲患有腿疾，走路不大利索。我的母亲是农民，作为农民，就得养一些牲畜，养了牲畜就得喂草料。当年，我们弟兄三人都在上学，父亲做点小生意常不在家，喂养牲畜的任务也就自然而然地落在了母亲的身上。这可不是一般的任务，一般的事情都有个轻重缓急，可牲畜是活物，是活物就得吃东西，而牲畜吃的全是草料，喂牲畜这样的事是没有商量的余地的，只有源源不断地供给。我家人口少，土地更少，因此草料总是不够牲畜们吃，不够吃就得上山去割。春夏秋冬，满山遍野的沟沟洼洼都留下了母亲挎着背绳、提着镰刀踽踽独行的身影。在夕阳和晚霞里母亲总是背着一座草山在移动，遮住了一大段夕阳和晚霞的光亮。曾经有多少人赞美过、也歌颂过夕阳和晚霞，可我一看见在夕阳或是晚霞中独行的身影时，心似剪刀乱铰一样疼痛，眼前便蓦地浮现出我的母亲，却也实在找不出赞美的词句来。她纷乱的发丝上汗迹斑驳地沾着一些草梗之类的东西，不堪回首啊，我不知道我的母亲那时的劳动强度有多大，放到现在我是干不了的。但母亲知道，三个正长身体的儿子像饿狼一样，每天要吃一锅铁锅巴。乡里常说儿多母瘦。的确不错，母亲生养了我们兄弟三人，却也给自己挑起了一副重担——一副永恒的不可推卸的重担。母亲虽然大字不识，但却十分看重文化，在她的心目中，文化是高于一切的。她常教育我们要好好念书，不要像她大字不识地窝在乡里，而是要走出去。当然，这就需要她付出百倍的努力和辛劳。家中的牲畜需要她喂养，田里的农活需要她干，她宁愿把一生的青春搭上来供儿子们读书，让他们幸福地生活。然而，我们念书却念的不怎么样，不是那么成功，她的教育在我们幼小的心灵上也起不到任何震撼，她彻夜的诉说有时还不及老师的一句表扬，老师在我们的心里是那么的可畏、可亲，父母的话可以不听，但老师的话不能不听。现在回想起来，大概是由于那时母亲常年忙于家务，父亲忙于小生意不回家，与我们交流太少的缘故。

真该陪陪母亲，与母亲说说话儿，可我却时常推说工作太忙抽不开身而不回家，就是连看一回小女儿也懒得动身，虽然思女心切。不知为什么，到了这个时候，却生就了一身的惰性。有时却也害怕回家，害怕直面母亲那双幽怨的眼神。母亲生养了我，顾盼了我，也拉扯了我，却又要为了我的女儿重新拿起她的背绳。女儿才八个月，不会爬，更不会走路，却咿咿呀呀地叫着要母亲背她去玩。一个不会说话的婴儿，谁还有那么大的耐心哄她玩呢，只有我的母亲才像宝贝一样地疼爱她。其实，母亲也是希望她能为我们带带孩子尽尽奶奶的责任。然而，我知道，母亲是要把她多年来对儿子的爱表达出来，诉说给还是婴儿的女儿。每当女儿哭泣时，她就用背绳背起女儿，这时候，我的眼前就不由自主地浮现出母亲背负一大捆青草孤寂地行走在田野上的身影。

今天，母亲手边的背绳是用几条长长的布条拧成的，是一条花花绿绿的五彩绳。这是她用过的背绳中最华丽也最柔软的一条。在前几年，她拧此绳我们嫌弃它时，她说日后自有用处，显然，她在那时就想到要替我们拉扯顾盼儿女。母爱无价啊！

母亲到底背断了多少条背绳，谁也说不清楚。可母亲的双肩磨起的老茧至今仍馒头似的耸立着，到了节气就疼得呻吟不已，可谁能为她轻柔地揉一揉搓一搓减轻她的疼痛呢？我们都不在身边，不能为她做点什么。有时，我想，母亲能向我们要求点什么有多好，可她从不向我们张口要求什么。她说她是从贫寒和艰辛中一天天走过来的，现在知足得很，知感得很，还能有什么要求呢。但她还是有点奢望，就是要我们在工作之余抽空能来看她，哪怕是双肩撑张空嘴，在她看来也是欣慰的，可我们却往往满足不了她的要求。但我还是要虚情假意地打着看望她的旗号去看女儿的，去了便给她说一大堆她高兴的谎话。不管你说什么，她总是满意的，高兴的。说话间，她熟练地拿起背绳又背起了哭泣的女儿。她是用孙女把儿子的心牢牢地拴在身边的。

母亲的手里握着背绳的一头，女儿扯着背绳的另一头。母亲看着女儿笑憨了自己。背绳拴住了母亲和女儿，而我呢？究竟要拴在背绳的哪一头呢？我很想知道。

六、在深巷中等待

昨晚，我又做梦了，梦见母亲在深巷中等我。梦中，母亲离我忽远忽近，忽模糊忽清晰，我总是近不了母亲跟前，扯不住母亲的衣襟。十几年前读书的时候，每当放学回家，母亲总是双手抱在胸前斜靠在大门墩上等我，满脸笑容、灿烂绚丽，往往是等我扯住了她的衣襟时才拉着我返身回屋。可梦中，母亲始终一脸的忧愁。我的心咚咚地跳着，从梦中惊醒过来。我知道，母亲又想着她在外工作的儿子了。

我要回趟家，我即刻就决定好了。

母亲一定又在深巷中等我了。

想着回家就忆起了过去：清晨，我肩负着母亲的希望和嘱托从深巷中一步稳似一步地走出；傍晚，母亲便满载着疲惫和辛劳从田野里一步快似一步地奔回。日子跟着太阳周而复始，生活日复一日循环不止。那时候，我家的生活在那样的环境里似乎永远是一个样，上顿青稞面疙瘩饭，下顿洋芋搅团，至今在我的记忆中留下的永远只有贫寒和清苦。今天，当对一日三餐挑三拣四或难以下咽时，我知道我已经在忘记过去。忘记过去，就意味着背叛母亲和自己，这是母亲坚决不会答应的。年前，带领亲戚家一群孩子回家探亲，母亲有意做了一顿洋芋搅团，当时，把一群孩子吃得头顶冒汗，差点撑破了肚皮，还争相要吃。母亲看着孩子们的馋相站在锅台边上盛了一碗又一碗，连脸上的皱纹都乐展了。我想，母亲一定想到了我儿时的馋相。我问了母亲，她笑着没有否认。在那种清贫的日子里走过来的母亲就那样给我上了一堂清贫课。

今天早上，我给母亲打了电话说我已动身回家。母亲在电话那头高兴得语无伦次。

班车摇摇晃晃地颠簸着，一车人昏昏欲睡，只有邻座的一位老奶奶目不转睛地盯着窗外，满脸的思索。看着她的神态，我的心蓦地紧缩了几下。她多像我的母亲。我终于忍不住试探着和她交流了起来。得知她是去县城看她工作的小儿子的。她天天捎话让她的小儿子回家来看看她，可儿子单位工作太忙回趟家很困难。最后她决定自己去看看儿子，但到了县城见了儿子，却又想回家。原来，她只是想见见儿子。作为娘，就剩下这么点愿望了。她问我去哪儿，我说是去看我娘。我说日子一久，我娘会想我，娘想我时会站在深巷中望我等我。她说，娘的心都拴在了儿女的身上，有几个儿女，就是把心掰开也要拴上。儿女一走就带走了娘的心。娘的心最容易满足，但那不是什么吃的东西穿的衣物所能代替的，而是在有机会时把娘的心带回去看看，哪怕是你空着双手，娘的心也是满足的。听了老奶奶的一番感慨，我的心灵雷击般震撼着，一阵酸楚涌溢而出，再也抑制不住自己，热泪潸然而下。

在巷口，我的脚步迈得很沉重，我怕母亲又在深巷中等我。渐渐地，离家门近了，我发现母亲依然像十几年前那样双手抱在胸前倚在门墩上向巷口张望。

娘，你的儿子看你来了。我飞奔向前。

七、进城

母亲又一次从乡下进城来看她工作的长子。

星期六下午，从朋友处归来，看到门锁上挂着一个包，我知道母亲又来过了。这已经是母亲第三次来看儿子而未遇着。我看着包里装着东西，禁不住潸然泪下，一种歉疚和无限的思忆涌上心头。

那一夜，我彻夜未眠，在一盏孤灯的陪伴下，我的思绪又回到了童年，回到了母亲的怀抱。母亲啊，我希望永远亲近你，陪伴你，孝敬你，我想扶住你瘦弱的身躯，可这些我都没有做到。母亲，你是我人生旅途上的一盏明灯，你是端正我心灵基石的线锤，你是给我拓宽真理之路的钢铲。

母亲，你还记得吗？那是我童年春后的某个黄昏，我放下当天念诵的功课，偷偷地溜出了家门，到野地里去玩。那时斜阳西坠，晚霞洗空，田野里山花烂漫，馨香盈溢。我爬在草丛中谛听风儿的歌唱，聆听虫儿窸窸窣窣的碎语，任凭思绪天马行空。在天籁之音里我陶醉了，睡着了。不知过了多久，凉意浸透了身心，我从梦乡返回到了繁星满缀的暗夜里。空旷的山野里隐隐约约地传来你一声声欲哭无泪的呼儿声。我心神不安地偷偷溜回家，爬在被窝里装睡。你从外面回来后，跟往常一样安排我吃饭、喝水，像什么事也没发生一样。我知道，你肯定找遍了草房、院子里面的每一个角落。我吃完饭之后，你严厉地让我跪在了炕上。我很惊讶，你究竟要我干什么呢？跪了十来分钟，你威严地让我背诵当日的功课——一段"苏勒"，当我背不下去时，你一句一句地教，直至我如行云流水般地背诵时，你脸上才露出了一丝欢欣的笑容。此后的岁月，我完全收敛住了自己放纵的性格，直至今日。

母亲，这多少年来，我记忆中抹不掉的就是你陪读的身影。母亲，今日，当我接近污秽、邪恶或步入迷途时，你严厉的目光总是在告诫我——远离，远离。使我却步，使我醒悟。

母亲，我要怎样感激你呢？你把我无邪的幼小心灵放在大地宽厚的胸膛上用辛勤的汗水浇灌，幸而没有放在溺爱的温室里。母亲，我在你的臂弯里读着风雨成长。

母亲，你蹒跚在那乡间的小道上时，我就是你脚下匍匐的一棵小草。

母亲，当我仰首读你额头那饱经风霜的"沟壑"时，信仰的光亮中我看到了一片纯洁和灿烂，使我感到多么自豪啊……

八、像阳光一样微笑

母亲的前门牙掉光了，很多时候在人前是不敢笑的，怕别人笑话。只有与儿子媳妇和孙子们在一起的时候她才放松了身心，笑容像一个熟透的柿子突然胀破了身子。

女儿有时候看着奶奶的笑容就说像太阳的笑。奶奶就问太阳的笑是怎样的一个笑。女儿说，太阳的笑是甜甜的笑、暖暖的笑、艳艳的笑、可爱的笑。女儿说着就拿来了一张图画，图画上的太阳笑得灿烂无比。奶奶看着孙女的太阳就笑了，笑得比灿烂的太阳还灿烂。

有了自己的家，也因工作太忙，就很少去乡下母亲家里。过一段时间，母亲总要打个电话来，问女儿生病了没有，女儿的学习好不好。这时候，我知道，母亲其实最想问的还是我，虽然她只是在问女儿的时候捎带着问我几句。然后叹息着说上几句听不懂的话儿，像是自言自语。

我决定带上女儿回家看趟母亲。到了周末，我没有给母亲打电话，带上女儿买了点东西搭上班车回乡下老家了。

在村外下了车，村街上偶尔有人影晃动，偶尔也有鸡啊羊啊地跑过。晚风轻轻地拂着，家家烟囱里的炊烟浓浓地冒出了屋顶。家家户户都在做晚饭。

进了家门，弟媳开力曼在院子里看了一会才笑着跑过来接过了我手中的包，朝屋里大声地说给母亲听，说城里的孙女看你来了。

母亲闭着眼坐在炕上一动不动，显然她不相信城里的孙女会来看她。

我拉着女儿悄悄地走到炕边，道了"色俩目"，女儿大声地喊了声阿婆，我来了。母亲才睁开眼接了"色俩目"，笑着说，我正打盹儿呢，听开力曼说，我还没相信呢。母亲迅疾地下炕要给我们倒茶水端馍馍。

女儿拉住奶奶的手说，我要好好看看奶奶，看看奶奶没牙的笑容。

母亲就笑给女儿看。问女儿说奶奶笑得像不像胀破的柿子？

女儿说，奶奶的笑像秋天的阳光，灿烂极了，可好看了。

母亲经女儿这么一说，就一直笑个不停，像深秋艳艳的阳光一样，笑得再也合不拢嘴。

我明白，母亲不是为了女儿的那句话才笑得像深秋的阳光似的，而是见到了久久没有回家的儿子，心里高兴着呢。

作为娘老子，是最容易满足的了，只要儿女时常来看看她们，和她们说说话儿，哪怕是生活过得清苦一点，日子过得紧巴一点，她们也没有过高的要求，只是希望儿女们的生活过得好一点，日子过得红火一点，她们的心里就没有了过多的牵挂和愁肠，她们的脸上就会时常挂一副阳光似的微笑。

只要我们娘老子的脸上天天挂着一副阳光似的微笑，我们也就心满意足了。

外公的皮箱

敏奇才

外公的一生充满了坎坷和传奇，也经历了各种磨难和痛苦，但他始终没有被任何困难所吓倒，整日乐呵呵的，但有一样，他的各种磨难和痛苦似乎与一只破旧的皮箱有关。

他始终把那只破旧的皮箱藏在家中让人找不见的地方，不让人看，不让人摸，甚至也不让人问。谁要是想着打皮箱的主意，或是求着想看一看他的皮箱，那他就会发脾气。小时候，我们只能在外公翻看皮箱的时候远远地望一望，谁也不敢到跟前去看一看皮箱，更不说摸一摸皮箱。我们只能遐想。外公不在的时候，我们硬缠着淘气地问外婆。外婆说那是一件珍贵的瓷器，她也没有仔细地看过，只是模模糊糊地看过一回。有一年冬夜里，外公睡不着觉，一个人悄悄地爬起来，打开皮箱小心翼翼地取出了一只蓝幽幽的大碗，翻来覆去地看了几遍，然后又小心翼翼地装进皮箱里，再轻轻地放进柜子里。是一只碗，一看就知道不是什么值钱货，但外公就是不让任何人看。有几次，几个舅舅缠着要看一看那只蓝碗，被外公臭骂了一顿。自那以后，就再也没有人敢在外公面前提起看那只蓝碗的话题了。就是别人提起来，外公也会把话题岔开。

外公的那只皮箱逐渐也被大家忘了，连同忘了的还有皮箱里的那只蓝碗。

十几年前，外公老了，感觉自己行动不便时，才把小舅叫到跟前，给小舅第一次打开了那只让人思慕已久的皮箱。打开皮箱的同时，也打开了外公的记忆。

二十世纪三十年代初，外公跟着本家的一位老哥哥在江西一带做小生意，生意不是太好，只能挣点小钱养家糊口。后来，在一次渡船过江时遇到了土匪，抢光了外公们的本钱，生意做不成了。外公们一下子成了两个肩膀支撑一张嘴的穷光蛋，连家也回不了了，只有沿途乞讨着过日子。他们在江西沿途乞讨的时候，又被当地民团当成红军抓了起来，后来在当地一位老相识的帮助下才算是保住了一条命。也是那位老相识送了一只家中最珍贵的瓷碗给外公。老相识送碗的时候，说送一点钱倒不如送一只碗，有了碗就有了饭，希望外公一路上能有个饱肚子，并能平安地回到家乡。

后来，外公在一个村庄里讨着一碗饭吃的时候，有人出大价钱买那只大碗，外公没有答应。那人就让外公保存好那只大碗，说是很早年代的钧瓷大碗，到紧要关头能给外公带来好运呢。到那时，外公才知道老相识把他珍藏的一只钧瓷送给了他。以前，老相识常给他说他家里最值钱的东西就是一只钧瓷大碗。外公非常感激老相识。他明白了老相识不送钱而送那只钧瓷大碗的真实原因，是怕他不肯接受钱也不肯接受那么珍贵的礼物。

外公因感激友人，从江西把那只碗带回了洮州的家中，并买了只皮箱装上它。自从把那只大碗装进了皮箱，外公就不让任何人碰他的皮箱。这是有一定原因的。

后来那只钧瓷大碗就一直由小舅珍藏。外公对小舅说，那只钧瓷大碗就是穷到卖房的地步也不能失手。要永远地放在家里，看着它人就会有些念想，也能想起过去，人有了念想就不会忘本，忘记过去，忘记那些曾经帮助过自己的人。

我们几个小辈眼馋了，就求小舅拿出来瞧一瞧。小舅像外公一样小心翼翼地打开了皮箱，捧出了那只钧瓷大碗。只见那只碗上釉水肥厚滋润、匀均细腻；大碗内壁莹润如玉，润滑似水；外壁苍蓝如天，紫中藏青，青中寓白，凝脂流荡，似玉非玉胜似玉。大家在惊叹它外观和材质的同时又惊外公是如何把这只玲珑剔透的大碗一路风餐露宿却完好无损地带回了洮州的家中。

那只大碗一直存放在小舅家中。一些收古董的人千方百计地打问小舅的家，探求那只大碗的去向。小舅笑着说，卖掉了。那些人不置可否地摇摇头，悻悻地退回去，不再打问那只大碗的去向。

那只大碗现在成了小舅的压箱之宝，谁也不能碰它。小舅说得比外公还要神气，说这只大碗已经附有了灵气。

现在你要是再眼馋地看一回这只钧瓷大碗，怕是要费些口舌的了。

原载于《甘南日报》

牛　殇

敏奇才

　　我家的老牛除了做活走过几回村边的公路外，还从来没有真正走过一回进城的路。今天，我是第一次也是最后一次带着它进城，我不是带它去逛，而是……进城前我必须把牛像打扮大姑娘似的打扮一番。我牵着它迈着悠闲的步伐来到河边，用毛刷刷掉它身上的锈毛和黏着的枯草，我不能让我的牛带着一身锈迹和污垢到城市里遭人的白眼，我也不能让人说我是农民。清澈的河水倒映着牛的身躯，牛看着自己洁净光滑的毛色不由得引颈一声长哞。我从那一声长哞里听出了牛的兴奋、激悦和身心的舒畅。它似乎知道要进城去，也许已经知道了，它喝水时只喝了往日的一半，我从心里感激它，人进了城尿涨了可以找茅坑，而它就不能找茅坑，也不能像田野上那样爽快地撒出一些古怪的图案或是淋漓尽致地倾泻而下冲出一个小小的土坑来。它是有记忆的，在家里那水泥地坪上它曾经撒过一泡尿绘出了一道道的弧线，像条散落的皮绳，招来了苍蝇，尿点也溅湿了它的脚，它也无所谓，很农民的样子，所以也就遭到了父亲的责怪，它即刻有了那么一点记忆。但它进了城还撒不撒尿，这我就不知道了。

　　我松松垮垮地牵着拴它的缰绳进城。

　　不知牛走不走得惯柏油马路，我可是走不惯，我始终感到脚底下有一种异样的光滑，觉得心里痒酥酥的，完全没有走在田野上的那种舒畅和柔软，而且偶尔有车飞驰而过，尖锐高亢的喇叭声往往会惊碎一些美好的记忆和神往已久的思绪。在这时候，牛就害羞似的停步不前，满眼犹豫的神色，也许那尖锐高亢的喇叭声击破了它对往事的一些回忆，或是对诸如白云、草地、清溪等的向往。我不知本来灵性的牛怎么就偏偏忘记了它是一头牲畜，必须任人驱使的呢？我扯了扯缰绳，它不情愿地摇了摇头，显然是对我有了意见，但它有了意见却不怎么反对，就因这秉性，我才把它养到了今日，要不它早成了人胃里的东西了。它的年龄不小了，尤其是近两年简直做不动活了，犹如早已歇手的庄稼汉一样望农事而生畏。它是悠闲的，但它很多时候是在田野里悠然地游荡，今日踩了这家的田埂，明日又踏了那家的麦苗，招来的尽是人们的骂声，可它已无所谓，很不在意的样子，我是一头牲畜，我是一头有主的牲畜，我怕谁？其实，它活到了这把子年龄，早已醒悟了一切，它的身上也尝不到鞭打的疼痛了，鞭打过的地方都结了很厚的疤，对飞扬的鞭鞘已经麻木了。它向往满眼的绿意和哗哗流淌的清溪，还有那清爽的和风。

　　它小心翼翼地走在柏油马路上，就像走在冬季的厚冰上，要多不自然就有多不自然。我回头看着它欲走欲停的样子，心中蓦地产生了一股悲痛，令人黯然神伤，此时的它何不像年迈的老父亲呢，让农活苦败了父亲常常就是这样一言不语地思索着，走走停停，好像把一生的经历都要细细过滤一遍似的。父亲常感叹夕阳的跌落，让人心里一阵好痛。父亲常拿老牛作喻，其实，我们也知道老牛让我家的农活给苦败了，我们这个家里除了父亲累再就是它了，可它从未呻吟过一声，它是知道它的使命的，正如父亲知道他的责任和义务一样。这样一作比较，我真不忍心牵着它进城了。早在三年前，就有人怂恿劝告我牵了牛进城去，我总是千篇一律地告诉人们，我家的老牛还能吃得动料，能拉一年半载的犁。人们知道我在说谎，也就对我的回答一笑了之，可他们又不死心，继续说给父亲听，父亲听了睁圆浑浊的双眼，给人们一个大白眼，此后人们也就不敢在他跟前说关于牛的事了。我知道，父亲的心中对牛有一种难以割舍的情结，他是农民，他驾驭了一辈子牛，他把牛早已当成了家中的成员，当成了子女，而没有把牛当成牲畜。

　　父亲看着老牛时如痴如醉，老牛看着父亲时依恋不已。

　　我牵着它走得很慢，我知道真正进了城，到了那地方我会哭的，可我是农民，我有什么法子呢？我只能这样，我不敢想象，父亲幽怨的眼神仿佛就在眼前。它转身朝满眼是绿意的山冈上的羊群长哞了一声，这不是兴奋的哞叫，也不是向往，我听出来了，这声牛哞里包含了诸多的悲哀。路越走越远，它回望的次数也越来越多，它也许知道了自己的命运，也许知道了自己正在一步步地迈向不归之路。我不催它，也不吼它，让它自己慢慢地走，让它走一回城里人走惯的柏油马路，品品走柏油马路的滋味。

　　柏油马路两旁青青的白杨高耸入云，微风轻拂着树梢，从拂动的树缝间射进的阳光晃动着很是耀眼，可老牛已不再像以往那样依恋。以往，在阳光明媚的夏天，它清爽地沐浴在洁净的阳光里，看着鸟飞水流，听着牧童吹奏牧笛，惬意地仰望头顶飘过的一朵白云，想象着它是一朵雨云还是一道风尘。树隙间透过的阳光细细地梳理着它洗净刷亮的毛色，可它已感觉不出有多爽快。它喜欢在农闲的时候，悠然地站在溪水边上或是漫步在田野里，让山风欢快地梳理它汗腻的毛色和疲惫的身心，就有一种异样的快感。我看见了弥漫在城市上空的烟雾，感到了一丝窒息，一种无奈的窒息。老牛看着那烟雾弥漫的天空，晃着头使劲闻了闻，只有沥青的味道，刺鼻、熏脑。真不明白牛在想什么，思考什么，其实，这个时候，我都不知道我在想什么，思索什么。牛的眼里一片茫然。人越来越多，车越来越多，牛明显地感到了一种不安。我牵着它逐渐地走进了城里。穿着光鲜的城里人看着土里土气的我和摆动着两只角的老牛，都避得远远的，我从心里有了一种自豪。在平时，有谁能注意你这个农民呢，在城里只有你让道的份，却没有城里人让路的理由，今天我是沾了老牛的光。老牛迟缓地走在大街上，有几个女人赞美它光滑锐利的长角，我又多了一份自满。可我一想到这对长角将要失去它应有的威风时，我的心里又多了一份悲凉。

我心里悲戚戚地在人群里牵着它走，它突然停住打个冷颤抖了抖身子。坏了，它要撒尿了。在人群里你不能撒尿啊。它向四周望了望，四周都是高楼大厦，没有它去的地方，它无奈地望着我，终于憋不住倾泻如注地尿了一泡尿，人群像惊炸的飞鸟一样跑开了。我听到了咒骂声，"乡巴佬，简直是牲畜。"我知道，这骂声里包含着两层意思，既骂牛又骂我。我想我是农民我怕谁，可我又不能不怕，老牛是牲畜它不怕谁才对。撒尿就撒个淋漓尽致，它那样撒着尿我就有了尿意，可我不能像它那样淋漓尽致地撒个痛快，我的脸皮似火烫般地燃烧了起来，我不知道当时我的脸有多红，偷偷地回头看了一眼老牛尿过的地方，尿迹似铺展的皮绳当街亮晶晶的横亘在人们的脚边，有人掩了鼻捂了嘴匆匆走过，很快就有苍蝇寻味而来，落在了老牛的尿迹上。我又听到了人们的骂声，可牛似乎未听到，一副毫不在意的样子。我的羞耻涌上了心头，我准备对它的不道德行为吼几声，可我又不忍心，穿过这条街道就到了城外。我还未对谁说过要去屠宰场，老牛是有灵性的，你说出来它会明白的，会给它增加无形的忧愁和惊恐的。

我低头牵着它行走在大街上，心中时时涌现出一种难言的苦衷。在人们责怪、好奇的眼神里我读懂了农民的低贱，我牵着它终于走出了大街，向城外走去。城外的那条路是未铺油的土路，我的脚下很舒畅，牛也很高兴，可我的心里越来越难受。我想到它要是见到了那血腥的场面，闻到了扑鼻的腥味会怎么样呢，我不知道。它是怕血的，去年，家里宰了一只羊，殷红的血铸成了血块，它过来闻了闻，突然甩头哞叫着发疯一样跑开了，从此以后，它从不去留给它深刻记忆的地方。那次，也许是它受到了惊吓，它对血迹有了刻骨铭心的记忆。今天我是不能让它见血的，不能让它在离开这个世界之前再有一丝一毫的惊恐和惧怕。但我还是做不到，屠宰场内任何地方都是浓烈扑鼻的血腥味。说真的，那一刻我不敢朝牛的眼睛上看，仿佛老牛在瞬间变成了一具血淋淋的骨架。我真后悔来到这个地方，可由谁来呢？总不能让父亲来吧，他是不能来的，再说了他也不会来，那样会增加他的痛苦的，这种痛苦只能让我默默地承受，我是这个家中的当家人，我不承受谁承受，也只有我能承受起这个痛苦。

原想一拿到钱我就走人，可屠宰场的人说等宰了牛称了肉再让我拿钱。我怎么能将我手中的缰绳送给那双手沾满血迹的屠夫呢？我的心在颤抖，我流泪不止，我这是怎么了？我不知道这是一种怎样的罪孽。我终于将拴牛的缰绳递给了堆满一脸肥肉的屠夫，把它牵回这我做不到，因为我是农民，我还得用它换来的那点钱买一头小牛来接替它的工作——运肥、拉犁、翻地，重复它干了一辈子的农事。屠夫牵走它时，我看见它的双目那么深情地望着我，是一种依依不舍的恋情。我即刻从它的眼神里读到了一种视死如归的坦然，但也有那么一丝难以言说的绝望。

我步履沉重地走出屠宰场，坐在屠宰场大门对面的树林里等着拿钱，用老牛的生命换来的、够买一头小牛的钱。我就那样坐着，思忆老牛的一生，可它的一生能有多少留在我的记忆当中呢？一片模糊，我只知道家中那二十亩地是老牛犁完的，门外每年上地的那一大堆粪是老牛攒下的，除此别无其他的记忆。也许随着时间的推移，牵着它进城的这点记忆也会湮灭在昏昏沉沉的务忙当中。人就是这样。

也不知坐了有多长时间，屠宰场的人叫我到会计处结账。看着会计用肥硕的大手指蘸着唾液给我数钱，仿佛是几节油腻的肥肠，我有点厌恶，也有点恶心。我装上用老牛生命换来的那笔钱往回走时，双手沾满血迹的屠夫像召唤一头牛似的喊我，我不知道他还有什么话要说。"喂，你的牛缰绳。"他说着把血淋淋的牛缰绳递给了我。我不知道我该不该拿，但我还需要缰绳，回去后要买头小牛的，也不能没有牛缰绳，然而，我果断地丢下了那截血淋淋的缰绳，我不能让那截缰绳时刻萦绕在我的记忆中，刺痛我的心。那人见我不作声，便又说："你要牛头吗？便宜卖。"这次，我不得不回头，不得不朝他手指的方向看过去。我清清楚楚地看到了，我的牛已身首离家，它的骨架、它的皮肉已不知去向，只有头，一颗硕大的头摆放在一片空地上，像接受谁的检阅似的。我的心里不由自主的一阵酸楚，这就是给我家辛辛苦苦劳累了一生的牛。它双目微闭，脸上是从未有过的安详和坦然。我的心里蓦地一惊，我从来还没有见过如此安详坦然的死，这样壮烈、鲜活的死，这样无畏的死。

只有这一次，老牛视死如归的死却永久地留在了我的记忆里，让我时不时地想起它对死的无畏。

我做到的也只有这么一点，能记住它的死。

原载于 2011 年 4 期《椰城》

洮 州 人

敏奇才

洮州女人

清晨，天外荡来了滚滚的雾霭，像女人甩起的衣袖，又像是浓云般弥漫着，虚托住忽隐忽现的远山。近处丘陵四合，矮似蛤蟆，卧伏不动，只是背上那绿意盎然的植被掩盖了一切丑陋和不毛，增添了无限的生机和灵动。远处，烟雾涌动弥漫，在清晨的天色里辨不清哪是云？哪是雾？雾雨中隐隐约约一声鸡鸣，一声狗叫，一声牛哞，一声马嘶……还有那穿透屋顶飘逸不定的草火烟，弥漫的雾霭，在村子上空的雾中穿行着跑了几圈，随之吸尽了地气形成了团团翻滚的白云，以婀娜多姿的风韵，烘托出了村子的无限生机和昭然活力。

雾中鸡叫狗咬娃娃跑，于是村子就活泛了。

有女人在村子里穿梭，她们的嬉笑声在浓雾中激激荡荡地透出了村庄，飘扬在润朗朗的田野上，是谁家看家守户的媳妇还是期待嫁的姑娘竟是那么的充满了活力。是笑羊碰了人还是狗惊了羊，也许是人咤了狗。笑声里带着一种善意的幸灾乐祸的味道。这会儿是看不清那朗朗笑语里的人影，辨不清是谁、在哪儿。只有闻声的狗箭一样地飞蹿了出去，拆散了笑语连天的兴致。

雾在炎炎晨阳中一丝丝地悄然褪去，随后薄得像一页白纸。在这薄薄的看不清人影的神话世界里终是有人物走了出来。几经辨认，原来是浓雾中的嬉笑者。立领宽袖，宽口甩裤，踏着碎步的女人在纸雾的虚掩空托中款款而至，显尽了洮州女人的妩媚神韵以及道说不尽的江淮遗风。汉族女人云有鬓峨峨，回族女人高帽围纱，操着一口传神的点点斑斑的吴语，风韵各异。各自带着一身草火烟的烟熏火燎味和田野的青草味，走在村道上，左边是牵牛的儿子，右边是牵羊的女子，身后是摇尾撒欢的狗儿，觅食的花母鸡。她们走走停停，划破纸雾的掩护，深吸一口地气，闻着泥地上的土腥味，听着山野里的鸟鸣，看着天空中的鹰旋，把心思种在了希望的田野里，与花草和庄稼一起生长，并恪守着内心的秘密，用生命守护今生今世的承诺。

痴痴地望着雾气腾腾的远山，读着村子里飘忽不定的炊烟，一种思念就在心田里像雨后的青草和庄稼一样疯了似的生长，清清的、甜甜的、黏黏的、飞向远方。田野里拂来了一阵风，是一阵东风抑或是一阵西风，像飘来荡去的思念来来去去地拂乱了雾的方向，让雾随了它的性子，风也让思念拂乱了自己的性子，没找到准确的目标和方向。儿子手里牵着的牛好奇地抬起头，眼睛润润地看着忽左忽右忽上忽下随了风的性子的雾，又低下头看着嘴边的草摇摇摆摆的没有个静止的时候，随之又抬头思谋着前春上吃草时见过的祖先的一根脚把骨，还见过祖先留下的一颗快朽坏的老牙。这头牛成了一只会思念和思考的牛，和那些女人一样，会看一些事情也会想一些事情了。

雾在太阳底下升空去了，带着女人的体香，还有田野里的花香，升得悄无声息，去孕育翌日更大更多的雾气。

锄头很农民地扛在女人的肩头上，泛着青紫紫的光芒。田里的庄稼和路边的杂草喜滋滋地笑了，笑得很像农民，也很像一阵风。牵着牛儿羊儿跟着的孩子听到了一阵怪怪的笑声，说给说说笑笑的女人听。然而她们完全听不懂牵牛的顽童在说些什么，深陷思念的深潭听不清美妙的天籁之音。只是把一种叫思念的东西深深地装在了心里。

田野里的油菜花开了，笑了；野花开了，笑了；麦穗开了，笑了。孩童牵着牛儿笑得合不拢嘴，嘲笑扛着锄头的傻女人听不懂花草的声音。叫桃花的女人悄悄地约叫荷花的女人，明天是不是领着娃娃和老人打个平伙，荷花高兴地拍了一把桃花，把一种挚诚和信任拍进了桃花的心窝里，也把一种关切的暖流洒进了桃花的心田。

洮州大地唯一缺少的就是大江大河，但小河还是有的。河水四季清澈明亮，能照清人的影子。天热的时节，女人们就把那洗得发白的被褥和衣物抱到河边，相互调笑着洗洗揉揉，然后再说说家常，在嬉笑声中让积压的怨气随水流去。然后各自奔忙各自的家务，看守自己的家下老小，扛了锄头，日出而作、日落而归，把青春种在田野里，用汗水浇灌自己的青春在岁月中成熟。

在日暮的傍晚，女人扛着锄头、领着顽童、牵了牛儿、赶了羊儿、踩着山道的余热和青草的柔软，披了一身霞光，带了一身田野的馨香回来了，依然是云髻峨峨、高帽围纱、款款而至，在深切的思念中走出了一种神韵、一种姿态，让外面世界的那些女人们羡慕得不行，也让那些搞摄影的闲人们闻风而至。于是，外面的世界知道了洮州，知道了洮州的女人，都想来看看洮州的山水景致，更想来目睹山野里款款而至的、洮州女人的风情神韵。

洮州男人

粗犷广袤的田野里传来一声声粗野的吆喝，是吆喝一头牛、一群羊、一匹马、一群调皮的孩子。外面世界的人听了连连咋舌，洮州的男人了不得，大声喊嗓的，和洮州男人在一起，一定是脾气不投胃口。但只要你想交一个永久的朋友，你就该尝试着和洮州男人们接触一番，他们的内心世界竟是那么的柔弱和善，跟人说话也是直来直去、不绕弯儿、大大气气。他们的内心里是有着一种信念的，回族是以真主为大，汉族是以天为大，自发地由真主和天来监视自己的行为，所以洮州的男人就不敢由着自己的性子随心所欲地干自己不愿意干的事，而是思考再三、权衡再三，绝不会做损人利己或是偷牛盗马的下三滥事。于是洮州男人在外面就有了很多的朋友，有的朋友会两肋插刀，交往不长；有的朋友则是深交，生生死死，情同手足，要命舍命，要钱舍钱。洮州男人也不含糊，你仗义、我仁义，你不吃、我不喝，至死往来。

很早以前，流传着这样一个故事，说有一个洮州男人交了一个朋友，情长谊深，交了有些年头，你来我往地，彼此称作主人家。有一年大旱，洮州大地颗粒无收，一大家子人挨着饿，洮州男人奔往着主人家去借点粮食，但是主人家却藏了粮食，给了洮州男人一口袋晒干的萝卜片，指望洮州男人一家早点饿死。主人家是知道洮州男人家里存放着大量银圆的，也知道，洮州男人一家人不到饿死的边缘是不会拿出那些银圆的。后来，洮州男人家的粮食终于吃完了，就对主人家说，我拿银圆跟你换粮食吧。主人家说我家的粮食也不多，也就够吃。洮州男人就对主人家说，你一家大小还没有到殁的地步，我一家人饿得快不行了，再没有粮食命就保不住了。主人家于是拿粮食换洮州男人家的银圆。饥馑的年景终于过去了，洮州男人家的银圆也换完了，从此洮州男人一家人就知道自己家的家底空了，于是老老小小男男女女的人都勤勤谨谨地挣扎着过日子，到后来也把日子过得红红火火的。三十年河东，三十年河西，洮州男人家的日子又过得很瓷实，主人家因有了那些银两，一家大小变得慵懒不堪，到后来日子过得艰难极了。洮州男人抚着胡须对主人家说，我给你换得那几口袋银圆呢。现在拿出来，不就是一个大富翁吗。还愁啥呢。主人家说，在那个年景里，我沾了你不少便宜，你也没有把银圆当钱花，但我把粮食用粒算，结果呢，子孙看见了那么多的银圆，身心就随之懒惰了起来，地也荒了、人也废了，一家大小好吃懒做、坐吃山空，硬是把得了你便宜换来的银圆花光吃光了，家道也就一日不如一日了。儿孙自有儿孙福，一辈人管不着两辈人的事。洮州男人望着炎炎的阳光，轻声说银钱是祸，人心正是福。

　　行走在洮州大地上，若看见一个面色红润或是脸膛黧黑、步履矫健的汉子，那一定是洮州男人。在春光洋溢的时候，洮州男人会兴致勃勃地走上哪个山头，扬鞭赶上一群羊儿或是手牵一头牛儿唱起那撩动人心的山歌和洮州花儿来，唱得撩人、也唱得心动。于是你随意地听着花儿和山歌，唱起民间传说的那些个爱情故事来。

　　最让人佩服的是洮州男人的吃苦精神。一代又一代的洮州男人们沿着青藏线和川藏线这两条主动脉，或经商、或跑运营……足迹踏遍了中国的西部地区，洮州男人经几代人的奋力拼搏，在罕无人迹的雀儿山留下了多少洮州儿郎的魂骨，也终于拼出了雀儿山精神。多少年来，洮州男人从古老的洮州大地一脚迈出去，沿着青藏线和川藏线，把他们的生存理念和拼搏精神留在了那粗犷广袤的大地上。他们对于生存的理解就是拼搏，再拼搏。昔日温州人撒遍了全国，今日洮州男人遍布了青藏高原。曾经有一位经济学家形象地说洮州男人就像生活在高原的牦牛，能适应任何恶劣的环境。的确如此，洮州男人为了生存，为了家人，背起行囊，义无反顾地走出去，凭着雀儿山精神打拼出自己的一方天地来。

　　这就是洮州男人。

原载于《甘南日报》

我为什么如此痴迷乡土阅读

吴勇聪

2013年，我出版了自己的首部长篇小说。《普洱日报》记者李兰萍读到这部书后采访了我，并在《普洱日报·茶城晚刊》刊登了二人谈《吴勇聪：我会一生写普洱》及她对我小说的品读。我爱普洱这座城市，所以"我会一生写普洱"并非空谈。

爱普洱，就像爱一杯普洱茶，或者一杯漫崖咖啡。喝普洱的茶，或是漫崖咖啡，都像是在回味普洱古府。茶或者咖啡，都是时间和大地长出的食物，在民以食为天永恒不变的人类世界，或许没有比食物更同时兼具时空的事物了。茶与咖啡，是食物中的上品。以茶为例，它是"出门七件事"的末端，也是最高级的。一般只有精神文明到了一定程度的人，才会品茶、恋茶、无茶不欢。咖啡则是西方世界最为古老和流行的饮品。东西方似乎都眷恋着精神饮品，因为茶和咖啡都是提神的"精神药物"。普洱是幸运的，世界上同时生长茶叶和咖啡的地方，不多，能产出上等茶叶和优质咖啡的地方，更是屈指可数。而恰好是那些不能生产茶叶和咖啡的地方，没了它们，甚至人类就很难幸福地生活下去。所以，我不得不爱普洱这个地方，不得不爱她的阳光、雨水、露珠，不得不爱她的绿树、繁花、山水，甚至离开普洱境内，换了空气，就会感到窒息。

当一个人爱上一个事物，就会像坠入爱河的人们一样，全身心地倾注其中不能自拔。爱普洱，自然就会爱上她的一切。我爱这里的人们，不论民族、种族、宗教和身份，和他们相处总觉得亲近，没有隔阁。即使是高官、巨富，也会少几分敬畏，多的是亲近。普洱人就像普洱的山水和空气，无私、包容，使人贪恋。爱普洱，当然会爱上她的历史，会在她的史书里慨然、愤然、释然、肃然，会在她的民族民俗中恋恋不舍，极力想成为一个皮肤黝黑的佤族汉子，或是一位水样柔韧的傣家姑娘。爱她，就会将她打开，一点点细细读。

普洱是一部有始无终的书。她的往昔，扑朔迷离，无数人在孜孜探究；她的今天，梦幻迷醉，无数人在欣然探秘；她的未来，辽远迷人，无数人在畅想铸造。每个人都在以梦想之笔，书写着自己的历史，也在书写着普洱的未来。

于是，普洱文学诞生了，繁衍着、成长着、繁荣着。来到普洱的第一天，我就在读普洱，读人、读书、读城。当我选择了留在普洱，成为一个普洱人的时候，我更坚定了要读好普洱这本大书的信心。

马青、雷杰龙、杨春才、张富春、杨开德、曾永泽、泉溪、雷玲、李梦薇、黄桂枢、存文学、陈天一、李克、王坚、贺薇、杨丽仙、黄雁、罗彩惠、罗杞而、李冬春、查正儒、李青倬、明珠、马丽芳、丁泳月、毕登程、张建国、扎戈、孔广坤、莫艳萍、刘珂、刘卫宁、洛捷、哥舒白、岑珉、柴凤英、张礼、赵德文、徐培春、白骅荣、白仲才、蒋苏东、王贵华、魏志云、张树丽、王忠、陈毅敏、袁泽燕、文清风、李文学、苏然、罗意、周德翰、周德秀、赵汉成、赵汉荣、赵小陶、陈远琼、田芳、郎志刚、周志、张婕、井力、何为强、魏鹏华、金敏、刘强、周播、张雷、杨家荣、张亚、谢玲、谢绍芬、马荣春、周文生、沈燕、杨阳、罗华、李新强、白龙、李娅芳、陈晓娟……见过的没见过的作者，能找到一本作品集、一份报纸、一册地方刊物或是一个网页、一份采风朗诵使用的打印稿、手写稿，就去读他们的作品。我想知道，普洱在他们的笔下，是什么样子？读书，是一件幸福的事情。足不出户，作者替你走了万里路，他们的行走和思考，都在书里呈现。读一篇作品，就是和这些生活中、精神上的朋友的一次神聊。

数年来，我阅读本土作家的文学作品，收获还是颇丰的。阅读过程中，我信手涂鸦，在原著上圈点勾画，写上一些自己的感思。我的书架上，多的是本土著作，少有名著畅销书在列。我觉得本土的珍贵性，在于鲜活、直接，也在于熟悉中的陌生感。读完之后，也会写成读后感，在QQ空间、微信朋友圈、博客里与文友们分享。承蒙普洱市各县区的编辑老师们垂爱，这些习作得以在本地的刊物上发表。

其实，阅读是一种高度私密的事情，每个读者对作品的品析不尽相同。鲁迅先生就曾说："《红楼梦》是中国许多人所知道，至少，是知道这名目的书。谁是作者和续者姑且勿论，单是命意，就因读者的眼光而有种种：经学家看见《易》，道学家看见淫，才子看见缠绵，革命家看见排满，流言家看见宫闱秘事……"（鲁迅：《中国小说史略》）阅读实在是见仁见智。

我所写的这部书，主要以赏析本土诗人、小说作者的作品为主。他们在作品中体现出来的、我所感觉到的优点和不足，我都公正地予以指出。读书，是为自己而读，故而无须欺骗自己。当得知市文联、市作协的领导对我近来所写的评论给予肯定并要我细心整理，为我结集出版这些作品时，我更是慎重。在修改、校对的过程中，我心里总是想着读者朋友们。读者是作者的朋友，也是最具批判精神的批评家，任何人情化的拔高、贬低，都难逃他们的法眼。故而我一直坚持一个信念，品析一部作品，说其优点，是代作者言，说其软肋，是代读者言。作家在创作出一部作品之后，对自己的作品存在的优缺点，尤其是优点，是知道的。品析者在读后写出的超出于作者自估的赞誉，是赚来的利息。而很多作者往往不具备"闻过则喜"之雅趣，所以看客往往也不敢以读者的身份直言诟病，除了叫好，还是叫好。久而久之，读者们就发现，作家们的缺点越来越严重，越来越使人厌烦，优点虽也有进步，却被剿灭不尽的癌细胞蚕食鲸吞了。这样，就形成了恶性循环，本土作家写不出更好的作品，读者也不再为他们买单，甚至送人也没人看了。

  作家需要批评的声音。批评不是要让作家把个性阉割，媚俗地取悦读者，而是要作家充分张扬个性，给读者以别开生面的阅读享受。文学是一种高级艺术，艺术都有其共性，即冲突性和节奏性，唯此二者，会给读者带来欣赏的快感。比如音乐。举一个大家不太喜欢的歌曲为例，龚琳娜的《忐忑》。此曲在国内评价甚低，国外的好评却不少。这曲子就很有继承和创新，它综合了中国戏曲的许多腔调，以有词而似无词的极富节奏性的哼、噜、叫的方式演绎而出。这就形成了日常审美与个性创作的一个巨大冲突。不幸的是，它没能俘获大众芳心。而李玉刚等一人分饰二角演唱的许多歌曲，却为老百姓津津乐道。李玉刚男身女声的演绎就是一种审美的冲突性，而其台风、唱腔却继承了中国风，有音韵、有气韵、有神韵，字正腔圆，美轮美奂，这就是老百姓喜闻乐见的新形式。音乐如此，建筑、绘画、电影、舞蹈等也无一例外。任何形式的艺术，都建立于触发审美者的审美快感。普洱的文学，近年来显得疲软，或许就是因为使读者失望了吧。

  但，普洱文学正在探索、创新、崛起。我这部书中所提到的作家们，他们就是崛起的强者。他们，几乎都是在一个叫作"普天文艺"的微信群、"普天文学"QQ群里活跃着的作家，他们都是朋友，他们身上少见文人相轻、自命清高的劣根性，他们精诚团结，互相激发，互相指拨，他们经常站在文学、文化的高度，本着服务普洱、服务人民的宗旨，聚集在一起，考察走访普洱的许多山川、集镇、荒村、农家……每一次采风，他们都书写了许多接地气、上档次的采风作品，这些作品通过纸质刊物、网络媒体等途径，有力地推介了普洱，他们的贡献是不可估量的。他们为普洱文学、文化的发展付出的辛劳，值得点赞。

　　我迷恋这块土地，也迷恋着本土阅读，我希望更多人来阅读普洱、品味普洱，因为普洱是普洱人的家乡，也是人类最后的故乡。这里，还是一片净土，但不是文化荒漠。

2016 年 3 月 3 日德安

古镇的背影

存一榕

我对藏匿于西双版纳高山密林之中的历史古镇的兴趣缘于文联组织的一次对普洱茶文化的采风活动，因为倚邦尘封着普洱茶1700多年的厚重历史和久远的文化，我们一行走进了这座冷寂的古镇。

当我真正踏进这千年的茶源古镇时，我一直在不停地寻找或者说论证着什么，虽然眼前的倚邦已安静得有些寂寥，但每到一处我都难以克制这样假想，一千多年的倚邦究竟有多少马帮在这里往返踩踏过，又有多少曾在这里生老病死？这里真是历史上名闻遐迩的古镇倚邦吗？

其实我对倚邦的历史知之甚少，除了从史料上看到一些零星的文字记载，就是从这里残存的一些字迹斑驳的石碑上，还能找到一些关于这座古镇的原始记录，还有就是脚下这条布满马蹄印痕的石板街会使人眼底一亮，千年老街曾经的繁荣与辉煌似乎由此可见一斑。除此之外，谁又能走得更近，看得更为清晰一些？就是像我一样对倚邦怀着极大兴趣而来的人，真的到过倚邦之后，也不一定就知道得更多。因为倚邦的历史更多的已让岁月的尘埃所淹没。

现在的倚邦街跟史料和各种碑刻所记载的有着天壤之别，只有一条用石块铺就的古街道，残存的一段段茶马古道保留了一些旧年的痕迹，可我真正喜欢的那些延续久远的，保存相对完整的东西基本上已经在这里消失，我对现实没有太大的兴趣和渴望，在现实世界自己不过一个过客而已。我对未来不报更多的幻想，未来那是留给时间或别人的东西。我幻想的是能在别人过旧的日子中找到心灵的归宿。

当我沿着倚邦残存的这条石板古街缓缓前行，看到有几头拖儿带女的母猪在街上晃悠，有几户人家的门前依然拴着一匹匹为主人担任运输工具的云南矮脚马，这总算跟旧年的情形多少有些联系。一条条狗静静地趴在一户户人家门前，表面看上去它们对我们这几个陌生人的到来表现得漠不关心，而实际上它们一直竖着机警的耳朵，在那里用怀疑的目光冷冷地注视着我们的一举一动，只要我们企图走进某一户人家，或做出要搬动某个物件的动作，它们可能就会义无反顾地扑向我们，甚至会群起而攻之。我知道这些外表默然平静的狗，其实都是经过多年修行、经验老到的老狗，对于它们就得更为提防，最好是跟它们保持一些距离。因为它们的职责所在，这里的每一块石头都是它们守护的对象，你最好不要去搬动它。在倚邦街两边还有几位老人或蹲、或坐在门前晒太阳和打盹，不知是最近几年来倚邦的陌生人太多，已经使他们见多不怪了，还是他们真的老得麻木了，对我们的到来他们几乎都视而不见，就是你走过去向他们打招呼，或向他们请教一些问题，要么你问他一句他回答你一句，你别指望他们会多给你讲点什么。要么你向他提问时他干脆就对你说我不识字，说不清这些事情，显出极不情愿的样子，使你跟他的交流很难继续下去。

看着眼前这既熟悉又陌生的情景，我突然有一种感觉，或许倚邦古镇一直都在这里等我，只是我紧赶慢赶最终还是迟到了，不说迟到了上千年，至少也迟到了上百年。当我赶到这里的时候，这里的热闹与繁荣早已散场。因为它在这里实在等得太过于漫长久远了，已经等得对我失去了耐心，它就远远地走到我前面去了，留给我的都是些冷漠苍凉的陈年旧迹，一个隐隐约约的历史背影。

其实倚邦古镇早在道光二十五年（1845年）就是西南最繁荣的茶叶交易集散地，是茶马古道起始的源头，也是当时交通最为便利的地方，马帮驮茶进出的运输通道从这里朝四周辐射延伸出去，有与内地连接的滇藏茶马古道，有通往毗邻的越南（莱州）、老挝、泰国、（清迈）、缅甸（景栋、吉大港）等东南亚国家的几条茶马商道。

随着茶叶交易的空前繁荣，倚邦曾吸引了江西、四川、湖北、云南石屏，元江等内地的汉族大量到这里定居，从事茶叶种植与经商。

乾隆十四年（1749年）前后，随着内地汉族的大量涌入，倚邦建起了关帝庙、川主庙、财神庙、江西会馆、石屏会馆等一些举行宗教祭祀和文化活动及议事的场所，给这座边地小镇注入了丰富的中原文化。为了满足茶叶交易的需要，防止街面和道路被马蹄踩得坑坑洼洼，倚邦就出现了用石板铺成的丁字形的三条石板街道，正街因形似龙脊，被称为龙脊街。朝思茅方向的一条被称为曼拱街，而朝着易武方向的一条被称为曼松贡茶街。三条石板街每条约一公里多长，在这三条石板街的两旁茶号商铺和客栈马店林立，倚邦街的长期住户曾达千余户，在倚邦街最早开设茶号的有宋云号和元昌号，这两个茶号制作的茶叶专门销往四川，港澳地区。

到乾隆中期，倚邦周边的茶园总面积超过了2万亩，倚邦周边居住的茶农有上万户，总人口一度达到10万之众。由于这里出产茶中极品普洱茶，并被指定为向皇帝进贡的贡茶，而这里的贡茶在每年的清明节前就必须用快马昼夜兼程送往京城。倚邦因此更加名声籍甚，茶叶生产加工经营盛极一时。

直到清咸丰年间，滇西发生战乱，加上清王朝的日渐衰落，西双版纳的土地"两乌"被法国人割占，普洱茶的内外销路都严重受阻，六大茶山的茶叶积压滞销，使倚邦及相邻的茶山走向衰落，致使以茶为生的大批种茶人只好背井离乡迁往异乡谋生。到清末民初倚邦的居民已骤减过半，火红兴隆了二百多年的倚邦镇变得满目萧条。

1942年，又因当时在倚邦经营茶叶贸易的一位汉族商人，抢占了与倚邦毗邻的攸乐茶山的一位美女，遂引发了攸乐人（即基诺族）的众怒。为了夺回被汉族商人抢占的这位攸乐美女，攸乐人召集起壮年男子连夜奔袭倚邦街。由于倚邦人疏于防范，攸乐人轻松地攻陷了倚邦。倚邦被攻陷之后攸乐人没有找到被抢的美女，一气之下一把火点燃了倚邦街。大火持续了三天三夜，街道两边数百座具有中原风格的精美建筑，在这场大火中全部化为灰烬。千年筑就的倚邦名镇只剩一片残砖碎瓦，以茶为"衣食父母"的千余户人家只好远走他乡，大量的茶园从此闲置荒芜，昔日人欢马叫的倚邦街，只留下一片片茶号、寺庙和会馆遗址以及普洱府的茶令碑、乾隆皇帝的敕命碑和一条饱经忧患的石板街，在这里无声地叹息着历史的沧桑与悲哀，漠然地承受着风雨无情的侵蚀和岁月的修改。

后来，虽有部分茶商的后裔陆续搬回倚邦街重建家园，企图重振家业并找回当年的辉煌与繁华，可直到今天倚邦的住户仅有42户，总人数不过百余人，要想再现历史上曾经的繁华辉煌只能是虚无的幻想了。

不过，这里的石板街和一块块石碑沉淀和铭刻着倚邦1700多年厚重的历史，只要随手抓一把吹过的山风，似乎还能从中闻到普洱茶旧年的陈香。要是抓起一捧这里的泥土，泥土中散发的也是马尿马粪蛋那浓烈的气息。若要是随手捡起一块石头，肯定还能听见它的内心里回荡着历史那悠远的马铃声声……

我读了一些史料，又到倚邦看一些碑刻和茶马古道的遗迹，最终留给我的依然是它的一个背影。它不可能回过头来看我，我也不可超越它，它的正面谁也看不到了。

甩不开的村庄

存一榕

我出生的南腊村，是一个很不起眼的小山村，紧挨昆洛公路，交通便利，距离县城也就几公里的路程，通宵达旦车来车往，出门办事也极为便利。要是发觉家里的盐巴、针头线脑的东西用完了，只要拔上地里的几根葱、几棵青菜，甚或从鸡窝里摸出几只鸡蛋到县城里走一趟，就可以尽快地补给日常生活所需。所以，我们的南腊村尽管是一个穷山村，生活中倒也没有多少荒凉落寞的感觉。我在南腊村度过了童年与青年的大部分光阴，我生命中最初的血液、皮毛、骨骼、思想感情以及性格，更改不了的乡音，都是源于南腊村。

从南腊村走出来到外面参加工作以后，也仰仗着昆洛公路从村前经过，到外地学习出差总能捎带着回家探亲与亲人们聚聚。当搭乘的长途客车到了南腊村前时，只要向驾驶员招呼一声，一脚刹车踩下去，步下客车稍走几步就迈进了家门，回到家里要么喝上一口水，要么吃上一顿饭。若要住上一宿，那也全看时间是否宽余而定。若什么时候必须继续赶路了，跨出家门朝过路的客车招招手或点头示意一下，司机松开油门，轻轻地点一下刹车，本来还风风火火地往前赶路的大客车，就稳稳地停在了你面前。你跨上车后朝身后挥挥手，你又可以接着赶路去完成肩负的使命，去延续后面的历程，所以，过去的日子因方便的交通条件，离家再远也不感觉远。

这也真是世事难料，就是神仙也不可能料得到，这条为我们南腊村提供了无限方便的交通大道，在改线扩建高等级公路时，生生把我的村子给丢弃甩开了，使几十年习惯了仰仗便利的交通这根藤蔓提供养分的南腊村，像一只尚未长大的嫩瓜被扯伤了藤蔓和元气，立即变蔫凋萎了。

尽管留在村前的那段老路还在使用，可路上跑的车子还不及改道前的百分之一，一条专门给汽车奔跑的大道一旦看不到有多少车子来往穿梭，就显得格外的落魄与萧条。就是我想回家一趟总得先绕道到了县城后，再去寻找往返于邻乡的中巴车或面的。而且，往返于邻乡的中巴车与面的之类的交通车跟长途客运站相距有一段路程，改乘一回车常常够你折腾一阵子的。虽说从县城到我出生的南腊村，来回一趟无非也就十几公里，而几十年来已经习惯了在自家门前上下车的我，现在每出入一次都得到县城去转车换车，光是这份烦琐，就让人感觉走起来仿佛绕地球走了一圈般的遥远而漫长。

南腊村由原本那个车水马龙的交通大动脉，通宵达旦均被马达的喧嚣所笼罩的热闹村庄，一下子远离了这份热闹的景象，我再回到村子里的时候，明显感觉我们的南腊村已经衰老冷清得不成样子了。就是村子里那些房屋的墙壁和瓦面，也都陈旧陌生得令人不敢相认，置身其间便有一种阴森荒凉的感觉深及骨髓。

面对眼前的一切，谁曾想象得到，当下别的村子都是由不通水电和公路，纷纷通上了水电和公路，由原来的偏僻闭塞变得日益热闹顺畅且便利了。有些人口稍集中的地方，都在紧锣密鼓地兴建小城镇，日子都在往红红火火里奔，而我的南腊村因了昆洛公路改线扩道的关系，则由原来的热闹红火日渐呈现出衰退落魄的景象，这对于整个生命都适应了在车喧人闹一片沸腾的氛围中生活的人而言，这种改变，怎能不产生巨大的心理反差？当然，在享受着交通便利的时候，我根本感觉不到这条公路对于南腊村，对于我居然如此重要。一旦这条交通大动脉绕开我们南腊村，从别的地方走了，我才切实体会到一条连接着村庄的道路，其实就是一个村庄的血脉与脐带，它可以成就一个村庄走向开放和富裕。如果失去了它供给血液与养分，这个村子也就失去了生机、机遇与运气。

现在虽然那段老路依然联结着我的南腊村，可这段被冷落的老公路仿佛一截老化的血管，它再也不能给我的村子供给足够的热闹、充分的能量与激情了。每想到这些，我的心头总笼罩着不散的失意与忧伤，为我的南腊村，也为我自己，心存无限的惋惜及遗憾。

为了避免触景生情而触动隐藏于内心的这份悲凉与伤痛，自从公路改线以后，我由原本总是想方设法地想着回家，变得害怕回家起来。甚至以种种理由推脱回家，就是到外出差必须从故乡的县城经过，我也尽量克制着不去回忆以往的便利和回避回家。

可不管南腊村被交通大道无情的给甩开了多远，被冷落成了什么样子，也不管我在南腊村生活的时间，远不如我到西双版纳生活的时间长，可它毕竟是埋下我胞衣的土地，是我生命的故乡啊。

那里有我家灰颓颓的老屋，有我的母亲和兄弟以及亲人，那里的泥土固定了我永恒的肤色，那里的方言是我改变不了的母语，这一切的一切都是不可能因了一条公路改道所改变得了的，南腊村始终是我生命中绕不开的故乡。

当然，理智也常常告诉我，生活中无论修建了如何平坦宽敞的金光大道，它不可能把现实中的所有闭塞都疏通、把所有的困境都解除。其实，在拓展和拉直的过程中，总少不了要迁移、隐埋、甩开一些极为珍贵的东西。哦，甩不开的南腊村，当然是我生命中迈不过去的情结，但我又能怎样呢？

远离冬天的地方

存一榕

在西双版纳土生土长的人，没有几个人是真正认识冬天，见识过银装素裹的冰雪世界的。

进入冬季，北方先前那些黑黑白白的景物，沟沟洼洼的土地，都让雪这神奇的大手一下子抹平了。大地严严实实地盖上了一层雪被，那些昔日吵吵闹闹的麻雀和乌鸦因为找不到食物，或成群结队地歇在光秃秃的树枝上，发出一声声低沉的悲鸣；或艰难地蹒跚在雪地上，企图寻找到哪怕一粒还没让大雪完全埋没的草粒什么的充饥。雪下得大了，就连生活在北方的农民也无法下地干活，只好窝在屋子里的热炕上猫冬。

而西双版纳，无论是一年末端的十一二月，还是一年开头的二三月，太阳同样早早地就起床上路了，挪着它那细碎的步子，走过无数个山梁，跨过无数条沟壑，准时出现在西双版纳的上空，把它那古老的热情散布在这片土地上，使得生长在这片土地上的草木，总是尽情地发芽，尽兴地开花结果。大地依然一片苍绿叠翠，呈现出花果飘香的一派春意景象。

无论在一年的什么季节，在这里都能吃到糯玉米、椰子、木瓜、芒果、香蕉、菠萝、西瓜、甜瓜、甜角、青枣等时鲜的瓜果。季节在这里仅仅是一个时间概念，它跟这里的一切似乎都不沾边不搭界。这里的一切根本就不受季节所左右。

从地图上看，西双版纳是一片被沙漠流放的绿洲。在现实中，这里又是远离寒冬的地方。生活在这片土地上的人们除了偶尔会从电视电影里见到诸如长白山、哈尔滨以及北方一些地区大雪纷飞的情景外，只有极少数的人到过天空开花，大地堆雪的地方，亲眼见到过冰天雪地一片洁白的冬季雪景。生活在西双版纳的人们只知道要想见识冰天雪地银装素裹的冬景，就得一直北上，往北方走。在人们的潜意识里，北方与冰天雪地的冬季和严寒是同一个概念。

西双版纳历来都是四季常青，或者说不分四季的土地。这里的山冈是绿色的山冈，河流是绿色的河流，每一块平坝和山坡都是终年不变的绿色。

生长在这片土地上的树木、竹子、藤蔓、小草，它们常年都是披翠戴绿的一身盛装。它们的衣着一样的青春时髦，同等的高雅名贵。无非是它们所处的位置不同，能够接纳得到的光照有所不同。除了从它们的叶面上会反映出或深或浅，或浓或淡的几分色差外，其他的看不出有什么明显的区别。生长在西双版纳的树木，绝不知道世上的树木也有脱光了身上的穿戴，光秃秃、赤裸裸，站立在光天化日下的；更无法想象让枝枝丫丫也披裹着洁白的雪絮进入冬眠会是怎样的感觉和体验。这里的树木心目中只有春天这么一个信念，它们每一天都是从春天出发，永不停歇地往前赶路。

当然它们的前方实在太遥远了，高远的天空没有它们歇息的驿站，它们所能达到什么样的高度，或许就连它们自身也不清楚。在它们之中当然也有急性子的，因为性子急，一下子就走到其他伙伴的前面去了。所以这里就出现了世界上最高的树种之一，龙脑香料珍稀树种"望天树"。

只要到了西双版纳，朝着西双版纳的东边走，走进勐腊的补蚌自然保护区，就会看到一棵棵大树拔地而起、直奔苍穹。你若站在树下仰着头往上看，你会发现这些树的枝枝叶叶已经远远地离开了大地。

它们铺展在高远的天空，已经跟蓝天云朵交融在一起，让人很难分辨哪些是树的枝叶？哪些是天空的云朵？在补蚌自然保护区成片地生长着这种龙脑香科珍稀树种"望天树"，它们好像都在相拥相携着、争着抢着向上生长，谁也不甘掉队落伍。仿佛，它们都在努力挣脱大地的引力与束缚。

也许是高远的天空，一直向它们发出召唤，使得它们一心只想着往上走，结果把躯干拉得高高的，使得它们的身高普遍都有70至80米。据说最高的已经达到84米。站在这片高密的林木下，只能从浓密的叶隙中间，偶尔看到斑斑点点的太阳和些微的光亮，很难见着更比一片树叶还大的天空和明媚的阳光。这些树木能够长得如此俊朗高大，除了本身的基因外，当然与这里肥沃的土壤，充足的阳光，丰沛的雨水，自然宽松的生存环境有关。但更重要的是这里远离冬天，它们可以把每一个季节，甚至每一天都当作春天来过，是这里四季如春的气候条件成就了这些树中骄子。

其实，生长在西双版纳这片土地上的树木，它们不可能知道自己的这一生究竟能够活几十年、几百年，还是几千年？正因为不知道自己寿命大致能够活多少年，所以它们从不思考生生死死的事，它们一切都在遵循自然的法则，服从自然的安排，所以它们就活得格外的轻松自如。无论什么季节在它们身上都不会出现困倦和疲惫，看上去它们总是那么乐观，那么精力充沛，那么生机勃勃。即使它们活到一百岁，一千岁，头上也一片青葱，绝看不到一丝一缕的白发杂陈其间。倘若不是人为地对它们进行摧残砍伐杀戮，它们就会从生一直绿到死。

最为奇绝的是，倘若走进雨林的深处，就会看到在一棵大树之上竟然寄生或附生着五六种树木花草的美妙奇观。这些树木一辈子就这么站在别人的肩头上，从不用自己的根须从土壤里吸取养分，它们依然活得生机盎然。而身上披着厚厚的苔藓，或脸上长满长长的胡须的树木更是随处可见。看到这些不知在这世上生存了几百年，甚或几千年的老树，就会使人突然感到十分的自卑。因为人的一生实在太过于短暂或仓促了。而且，这么短暂的生命，还有那么多的愿望和需求要满足。总有那么多无法排解的诱惑与欲望像无形的妖魔，一直在暗中驱使或驾驭着你。让你不得不去想，不得不去做。人就因为心中有着永远也无法满足的奢求或欲望，所以就不可能活得像这些树木一样清心寡欲，超脱自如。当然，也就不可能像这些树木一样活得健康，活得长寿。

西双版纳的群山终年都在披绿叠翠，看上去总是一片春意盎然的景象。倘若在西双版纳的万绿丛中突然看到那么十几片、几百片，甚或一两片黄叶或红叶，肯定会使人们激动得热泪盈眶。因在这里要想见到几片黄叶和红叶，简直就是一种奢望。

其实万物都逃脱不了衰退枯竭和生老病死的自然法则，谁都知道一片树叶到了由绿变红或变得一片金黄的时候，或许它的生命就即将谢幕了。接下来的要么就是随着山风像一只金色的小鸟一样展翅腾飞，让生命来一次最后的远行或漂泊；要么就是无声地跌落下去，无论下面等待自己的是泥土还是河流沼泽，甚或是坚硬的石山石块，它都得义无反顾地扑下去。

其实，西双版纳的树叶同样逃脱不了新老更替与死亡的自然规律，其实这里的树叶每天、每月，甚至每时每刻都发生着死亡。只是它们死亡更替的过程，比生长在其他地域的树叶更艺术，更不肆意张扬罢了。这里的树叶通常都是在一片一片地退化或衰亡，一片一片地更替，一切都是在人们的不经意间进行或完成的。

因为它们把死亡和更替看得极其自然，心态就放得较为平和，它们不想把死亡更替的过程轻易示人，这就很难引起任何人对它们的注意，人们就产生了一种错觉，给人一种不会衰老或长生不死的假象。

它们不像北方的树木那样，命运总受季节的摆布，逃脱不了时间的修改，只要到了秋冬，本来绿色的树叶就得立即变红或变黄。因为它们所采取的是集体行动，所以总要制造出一种轰轰烈烈、惊天动地的效果与景象来。

按说把一年分为四季，四季就不能融合到一起，可西双版纳的一切似乎都在反其道而行之。或者说，这里的一切都更具包容性。在这里一年四季的气候特征没有明显的差异，顶多就有旱季与雨季的区别。

由于这里独特的地理位置、地形地貌和自然气候条件，使这里分布生长着5000多个品种的热带植物，并有200多种野生动物在这里繁衍生息。这里真可谓山峦叠翠，植物繁多，动物成群，是地球上生物多样性最丰富的地区之一。

西双版纳还是降雨量较为充沛的地区，年平均降雨为1096.8毫米，年平均湿度为80%，年平均气温为23摄氏度。据专家考证，大凡有森林的上空就多云、多雾、多雨，有森林地区的雨量要比无林地地区的雨量多17.4%；林地的湿度要比无林地的湿度多15%~20%。大自然用千万年之功创造的西双版纳雨林，森林覆盖总面积有13000余平方千米。其中有2425平方千米被纳入自然保护区加以保护，而每一棵树每年能涵养和保水3.48吨。西双版纳的森林能够涵养并锁住几十亿立方的地表水。这里的热带雨林是一个真正意义上的绿色天然固体大水库，可见它在保存水源、调节气候方面具有多么巨大的作用。

在人类越来越追求回归自然的今天，越来越多的人会慕名来到西双版纳呼吸新鲜空气；到这里避寒度假；到这里观光体验神奇美丽的热带景观和雨林文化；到这里感受独特的民俗民风和傣乡风情。从内地到这里来休闲度假的许多人，到了西双版纳之后总会感到睡眠特别好，甚至在内地饱受失眠折磨的一些中老年人，到了西双版纳之后，发觉自己的睡眠突然好了，初始还以为是到景点上观光时走累了，睡眠才突然好起来的。其实，就像人们到氧气稀薄的高海拔地方，人们会出现缺氧反应一样。当他们来到西双版纳这个天然的大氧吧中，他们身体的每一个细胞都呼吸到了充足的新鲜空气，这就使他们产生了醉氧反应。他们的睡眠突然得到改善的根本原因就是醉氧反应。

只要到过西双版纳的人，印象最深刻的或许就是这里是一个能够让人很快就产生家的感觉的地方。因这里的山，这里的水，这里的民风民俗，均有着超乎寻常的亲和力。似乎这里的一草一木都跟自己有着生命的约定。

我在这里已经生活了几十年，这里的山林河流已经成了我生命中割舍不了的一部分，我像许多生活在这片土地上的人一样，已经成了被绿色宠坏了的孩子。只要离开这里稍远稍久些，就会对这里产生一种像对母亲般牵肠挂肚的想念。自然，平常最怕的事情就是让我离开这片土地，这片绿色的雨林。因为我每每走进那些用钢筋水泥筑就的森林，就会莫名地心生恐惧。我怕那些比猛兽凶猛残忍百倍的钢铁野兽。当看到它们在人口密集的城市里横冲直撞，从来都是只有你给它们做出让步，否则它们就撞你轧你，甚至把你置于死地；我怕自己的同类，这些自喻为万物之尊的所谓高级动物。他们会为了蝇头小利跟你争、跟你斗，给你设陷阱或下套子……

堆积在城里的一个个钢筋水泥四方盒子，是人们放置身体和个人隐私的天地，别人不能涉足。同住一个单元，甚至门对门的邻居，可以老死不相往来。人与人之间那种冷漠，常让我这个习惯于西双版纳的乡野生活的乡巴佬无所适从。只要离开西双版纳，特别是置身于城市沸沸扬扬的人海中，我就会感到置身于荒漠般的茫然或孤独。

令人担忧的是，现在就连西双版纳这样的地方，昔日的那种平静已逐渐被打破，自然和本真很多已被无情地颠覆。毫不夸张地说，目前在这里除了这片绿色的热带雨林，很难再见到传统意义上的东西。

就连传统的傣族民居竹楼也在迅速地消失。当这里的民居变得日益"洋阔"起来，水泥钢筋筑就的楼房随处可见的时候，而传统意义上的竹楼和一些老祖宗留传下来的传统文化遗存已难觅踪影。现在的西双版纳事实上已经成为一片移民地，特别像西双版纳首府景洪城这样的地方，外来移民远远超过了本地的土著民族。随着移民人口的不断增加，需求量的迅猛增长，这里的一切都被迅速改变着，大地因为被盲目地开发和索取，日益呈现出遍体鳞伤的样子。昔日莽莽苍苍的热带雨林也被不断地蚕食，正在日渐萎缩。取而代之的是漫山遍野的橡胶林、热带林果等经济作物。还有夜以继日地膨胀着的城市和纵横交错不断延伸的交通网络。

　　当看到被经济作物和现代建筑正在一口一口地吞噬着热带雨林和这里的土地与传统，我一直在想：人来到这个世界上为什么要消耗这么多的物质和能源？人生活的最高目标或境界究竟是什么？为什么要无息无止地追求那个其实永远也无法满足的生活目标？人真的是高级动物吗？高级动物为什么一直都在做着毁灭自己的事情？

　　现在的西双版纳对于那些刚刚踏上这片土地的人而言，这里的一草一木对他们依然充满着巨大的诱惑。只有像我一样见证了西双版纳演变的人，才会感到这里今天的美丽已然不是曾经的美丽。曾经的美丽只存留在曾经的岁月里，纵然倾尽生命所能，我们也无法重新找回已经失去的东西，甚至于不能够留住眼睁着濒临灭亡的东西。我们唯一能做的就是呼吁人们对今天的西双版纳倍加珍惜。从大处说西双版纳不仅是西双版纳的宝贵遗存，它应当是全人类共同的财富，我们有什么理由不对它倍加珍惜和爱护？

　　我写下这篇短文就是以自己的方式在向人们发出呼吁，我甚至在心里向上苍祈祷，但愿这片土地永远远离冬天。除了远离大自然的冬天，更重要的是远离人为制造的冬天。这是天地造化的尤物，也是老祖宗留下来的无价之宝，但愿再过几十年，我们两鬓飘满银丝的时候，还能看着这满目青山，静静地回忆往事和打发余生，并把这份自然遗产完整地交给儿孙，让后辈儿孙一代代地把它传承下去。

走进野象谷

存一榕

野象谷，位于西双版纳勐养国家自然保护区东西两片的结合部上，这是一条一年四季都涌绿叠翠的绿色山谷，因山谷之中经常有野象三五成群地出没而得名。

山谷之中，不仅有着最具典型的热带雨林景观，它也是西双版纳亚洲象种群的主要栖息繁衍地。

一条穿谷流淌的象谷河，蜿蜒曲折，却百折不挠地朝着澜沧江奋力流去。象谷河里流淌的每一滴水，每一簇浪花，都算得是绿色森林的乳汁。它是由像毛细血管一样布满山山岭岭的山涧溪流汇聚壮大而成的。而且，河水常年都清澈透明，清纯自然得似乎不含一丝一毫的污染与杂质，仿佛被着意净化提纯过。看着这么清澈的河水使你毫不怀疑随手从河里掬起一捧，就可以放心地当作净化水来喝。

这条象谷河从发端直到流入澜沧江，究竟有多长我没有仔细考证过。不过，它从源头到终端都是在原始雨林的精心庇护下，流淌得那么恬静，流淌得那么悠然。如果你不是着意地观察，它就像一幅凝固的画，一首百读不厌的山水诗。

随着旅游业的步步升温，野象谷被开发成西双版纳集典型的原始生态雨林景观和观赏野象真容的自然生态旅游景区，景区已经建成对外开放，就以其独特的自然景观和突出的"动物王国"为基调，吸引了数以万计的中外游客。与此同时，野象谷还以自身鲜明独特的热带雨林景观和与之相配套的旅游设施，被旅游管理部门评为云南省十一个优秀精品旅游景点之一，名声也逐渐远扬中外……

而我，或许是因了长期生活在西双版纳这片绿色雨林的怀抱之中的缘故吧？尽管无数次从报刊和电视画面上看到过对野象谷的相关报道。而且，还有几位亲身游览过野象谷的朋友在我面前，也曾不止一次地谈论过游览野象谷的千般感受、万般收获。可我，任凭别人怎么谈论，却总自以为是地在心中暗想：我都是西双版纳的半个土著了，不就是长满原始森林的一条山谷吗？它无非比起内地那种稀稀落落地长着几棵树木的所谓森林来，树木长得更多更稠密一些，植物的种类要多一些，还有就是长期生活在这片土地上的傣族、哈尼族、布朗族等兄弟民族，对它呵护得更好，使它少遭受了许多人为的践踏和破坏，这里的一草一木更多地得于按照它们的自然属性自由地生长，并且，这里成为动物的避难所，使得亚洲野象这样的庞然大物，都可以自由地在这里深入简出活动。这些东西对于我而言，又何以能产生那么多的惊叹和诱惑呢？

甚至，我始终固执地认为，报刊和电视上这么炒来炒去的，炒得十分的爆热，一切都还不是为了商业利益的目的。什么"开发与保护并举"，其实，这是多么动人的挽歌呀！自从有人类在地球上诞生进化，并一代代地生息繁衍以来，人类创造的哪一种文明不都是以牺牲另一种文明作为代价的？其实自诩是高级动物的人类，又有哪一天停止过对自然生态资源进行肆意地摧残或无情地掠夺……

当我从书本上了解到，与西双版纳处于同纬度上的中西亚和北非等地的大片土地，均让荒凉干涸的沙漠所侵吞和覆盖。地球上的热带雨林主要分布于南美洲的亚马逊河流域、非洲的扎伊尔河流域、东南亚地区靠近赤道两侧的狭窄地带，而我们西双版纳这片被沙漠流放的热带雨林，它的面积仅为13000余平方千米。它不仅是目前中国版图上保存最为完好的热带雨林，它还是地球北回归线附近仅存的一片绿洲。虽然它形成和发展成中国生物多样性最丰富的地区，被誉为"绿宝石"和"动植物王国上的王冠"，这不能不说是一个奇迹，可它面对人类，面对日益扩充的沙漠，面对污染和日益恶劣的气候，其实它显得是那么的脆弱或孤独无援。

当我知道在人类生息的这个蓝色星球之上，有70%的二氧化碳都是靠森林吸收化解掉的，而75%的氧气又都是由森林释放出来的，绿色的植被就是地球的肺。对于西双版纳这片十分珍贵的绿色遗存，无论以任何理由对它实施开发侵占的举措，我心中本能地就持决然反对的心态。在这种心态的作用下，更准确地说那就不是野象谷的热带雨林景观不足以对我产生诱惑，而是从心理和情感上不忍心，不愿意仅仅为了满足猎奇，探秘寻幽，甚或回归自然的心理作祟，就贸然去打扰了大自然的安谧、和谐与恬静……

说实在的，尽管国家实施西部大开发给云南，给我生活的西双版纳带来了空前的发展机遇，但我始终担心13000余平方千米的这片雨林，它毕竟太脆弱了，它承受不了太多的物质与疯涨的欲望。开发西双版纳这片美丽而神奇的土地，不仅需要热血与激情，更需要科学与理性。如果缺乏超前的意识，长远的目光和科学的态度，给它带来的负面效应都将是不可估量的。

现在摆在我们面前的西双版纳，就如同一块巨大的璞玉，要进行雕琢打磨才能成为永恒的艺术品，而且，是精美绝伦的艺术珍品。没有哲学家那种缜密的思维，艺术家那样的审美眼光和美学知识，作家那样海纳百川的胸襟，我想，仅凭企业家和商人的一腔热情，只会毁坏了它的整体美和真正的价值。

不久前，我们法律大专班利用周末休假的时间，组织学员到野象谷游览观光。坦诚地讲，开头的时候我还真没打算参加这次野象谷之旅，可后来经同学一再邀约劝说，感觉若再一意孤行就显得有些太不尽情理了，所以我最终改变了主意。

再说，从我们宣传科调出来的一位同事，他到野象谷景区工作都两年多了，这么长的时间我们还没碰过一回面呢。这次出游还可以顺带拜访一下他。

此外能够走进野象谷游览，不也是在紧张的学习工作之余，解脱放松自己绷紧的神经，进行休闲和调整心态的一种理想方式吗？

应该说，正是基于以上的理由和考虑，才使我做出最终的选择，并欣然和同学们一起乘上往返于景洪与野象谷景区的专线旅游巴士，于下午四时准点从西双版纳的州府景洪出发，直奔野象谷而去。

四十余分钟后，旅游巴士便穿过一片雨林的绿色隧道，稳当当地停靠在了野象谷景区客房部的森林别墅前的草坪上。野象谷的别墅都是依着山根的走势而建的，背靠的一律是长满原始雨林的山坡，而前面则是上万平方米天然形成的原生态的草坪。走在这么一片宽阔的绿草坪上，仿佛走在富有弹性的长毛地毯上一般，听不到脚与大地接触或摩擦产生的任何响声。

不知是野象谷开发者的着意安排，还是偶然的巧合，当我走进预订好的房间时，却惊奇地发现铺在别墅里的地毯也是绿色的，与外面草坪的颜色是那么和谐统一。若不是进行了仔细观察，真让人辨不清哪是草坪，哪是地毯呢。

距离晚饭还有一些时间，我把随身携带的洗漱工具搁到房间后，没有心思待在房间里看电视，也不想躺下稍事休息。心想，反正明天有一整天时间可供自由安排，也就不必像其他同学那么急着去浏览山水景色，当我从总台服务员那里打听清了老同事办公的地方，就找他聊天去了。

真是江山易改，本性难易。我的这位老朋友调了单位，换了工作环境，聊起天来还是那么口若悬河。招呼我在皮沙发上坐下后，他一边给我倒茶水，一边就滔滔不绝地拉开了话闸。我发觉他已不再像过去那么有口无心地闲侃神聊，而是有意无意地就将话题扯到野象谷的上面，且满口都是推介溢美之词，听着就像是导游在对你进行讲解似的让人倒胃口。

我在心里暗想：真是在商言商，改行从商也就这么几天，老朋友大老远地跑来，聊聊天也做广告似的，职业气息流露得这么浓。

大概在沙发落座不过三五分钟，便感觉浑身上下凉丝丝的，说不出的凉爽与舒坦。当我环顾四周却没有发觉这房间之中有空调装置，而且，所有的门窗都是敞开的……怎么？野象谷与景洪相距仅35公里的路程，两地的海拔也没有更多的差别。若这个时候置身景洪，浑身总都汗涔涔的，仿佛置身于蒸笼之中般的酷热难当。而野象谷却会这么清鲜凉爽，置身于这条绿色山谷之中，我顿然省悟，这一切都是因了山谷两面这茫茫无际的雨林。事实证明雨林不仅是地球的肺，它更是一个天然的大空调。所以，我充满羡慕地跟朋友调侃说："你到这里工作不图别的，仅这生态自然景色，这凉爽的气候和没有任何污染的空气质量，也足以让人多活十年二十年的……

不知是因了老朋友的一再推介，还是自己亲身感受到这绿色雨林的神奇魔力，使我不得不对周围这满谷满坡的原始森林刮目相看了。

原来，就在野象谷这条绿色山谷之中，由于它所处的独特的地理位置、地形地貌和自然气候条件，使得这里分布生长着的热带植物竟多达2000余个品种，其中被列入国家第一批重点保护的植物就多达50种。这片雨林中还生活着200多种野生动物，其中属国家重点保护的一类保护动物的就有亚洲象、云豹、印度野牛、绿孔雀，金钱豹等20多种。这里真可谓山峦叠翠，动物成群，是中国生物多样性最丰富的核心地区，动物的乐园，植物的物种基因库。

夜幕像黑色的丝巾，一层层悄无声息地交叠覆盖到山谷之中。

原来，野象谷的夜是这么的恬静和安谧，森林别墅的住宿条件也是少有的宽松、整洁与舒适。虽说今夜置身于这么一种平时很难享受得到的良好氛围之中，而我这长期习惯了硬木板床的身体，却怎么也适应不了这份幽雅与温馨，翻来覆去地折腾了大半宿，却始终迟迟难以成眠。想开灯翻几页随身带来的文学刊物，又怕打扰了和我同宿一室的同学休息，只好蹑手蹑脚地起床，独自一人来到别墅前，在月光星辉下显得更加空旷的绿草坪上，沿着用河卵石镶嵌而成的人行曲径，一边悠然漫步，一边尽情地张开肺叶吸纳从森林、从草地上散发出的淡淡芬芳，倾心聆听秋草细密的微语；秋虫此起彼伏的呢哝；夜鸟婉转的低吟浅唱和不时从密林深处传来的野象及其他动物的呼喊与欢鸣。我甚至能听到露珠在绿叶上滚动，在枝叶间滴落碎裂的声音。

每一个人对幸福的感受是极不相同的，能够一个人在万籁俱静的深夜，倾心聆听这天地间真正的天籁之声，尽情地观赏乳汁一般的月色下，在山腰缭绕，在山谷树林间弥漫，在我的眼前轻悄飘逸聚散的一缕缕、一片片轻轻袅袅的夜雾。一个人独享大自然赐予的这份安谧与恬静，任凭思绪信马由缰地驰骋飞扬，只感到平时绷得紧绷绷的神经，正一截截、一段段地被解放出来，整个身心都轻盈得像一朵云、一缕风、一场梦。

正是在野象谷留宿，并独自在这块天然草坪上漫步的这个夜晚，我仿佛有生第一次开慧了，使我豁然禅悟：其实回归自然正如我生命的宗教，只有经常走出钢筋水泥的禁锢，让身心接受山川、河流、森林的洗礼，人才会滤净俗世带给你的贪婪尘念；只有让心灵皈依到大自然和谐宁静的怀抱之中，过于浮躁的心境才会日渐趋于豁达平静，这就是我所感受到的不一样的愉悦与幸福了。

这一夜，虽然我几乎通宵无眠，奇怪的是我竟然没有多少困盹疲惫之感。翌日清晨起来，我依然感到精力格外的充沛。早早地我便等候在山东泰山旅游索道公司的售票窗口前，为的是能极早乘上空中缆车，试图从身高无力实现的视野高度，对野象谷的崇山纵岭实施全景式的俯瞰浏览一番。

这是一条全长2063米的空中雨林观光索道，它不仅是中国的第一条热带雨林索道，也是世界上目前唯一的一条。当索道刚刚开启运营，我便作为当天游览野象谷的第一个游客，如愿乘上了缆车。钢缆就这么不慌不忙的在我的头顶舒缓地运行着，牵引着一个个吊篮，牵引着我的目光。我的思绪时而仰首攀升，时而俯首徐行。有时乘坐的吊篮掠过一棵棵高大的乔木枝梢，有时跨涧越壑，索道有时纯粹就从稠密的雨林中撕开一条缝隙，与直奔苍天的大树几乎是擦身而过。吊篮离地最近时仅有10余米的样子，坐在缆车中感觉就像在林间穿梭行进。而落差最高时则有100余米，给人的自然是一种高高在上、居高临下之感。乘坐在缆车之上举目远眺，是一座连着一座绵延起伏的绿色山峰。环顾四野是漫无边际、含烟叠黛的碧波翠涛。

而鸟瞰脚下，是在山谷之中缥缥缈缈的一缕缕绿色晨雾。坐在吊篮中一路上我都在竭力观察着视野之内的一草、一藤、一竹、一木，试图让目光透过雨林的表层，直抵它的内部世界去领略它特殊的内涵与本真，可几经努力发觉最终是枉然。我迟钝的目光不是被这万顷碧波给飘浮在面上，就是刚刚触及雨林的枝蔓表皮，就让密匝匝的枝枝叶叶给委婉地谢绝了回来，几番反复努力，最终未如愿意。感觉顶多也只能算是蜻蜓点水，无非在面上触碰出几圈浅浅的涟漪罢了……

雨林观光索道的终端在野象谷中部的绿海深处，这里的海拔在480米至1400米，年平均气温在22.3℃左右，而且，雨水极其丰沛，年降雨量在1100.8毫米上下，日照也十分充足，气候和生态环境条件都十分适宜亚热带植物和其他多种动物的繁衍生息。由于象谷河的河湾里分布有硝水源，周围又生长着野象喜食的竹类、芭蕉等植物。这里自然形成了野象觅食，喝硝水和洗澡嬉水最为集中，出现最为频繁的地方，它是整个景区之中观看野象的黄金景点。为了方便游客观象拍照，在这里还专门有树上观象旅馆和高架观象安全走栏。

尽管在进入野象谷自然景区之前，自己心中就清楚，虽说西双版纳雨林中的野象，这些年由于国家和当地政府采取了一系列行之有效的保护措施，使野象总数已经增长到200至300头，可它们对于13000余平方千米的森林覆盖的活动区域，野象的数量还是显得要稀少了一些。仅就野象活动最为集中频繁出现的勐养自然保护区，也有着997.6平方千米的面积，游览专线仅深入其间2000多米。何况到这里来的游客和我一样，大多也就到这里走马观花地匆匆走上一圈，就想碰上野象出来活动，亲眼看见这雨林圣物的真容，难免有些过于理想化或奢望了。

可是，人的心理可能是最无法琢磨，最说不清、道不明的。虽然我明明知道要想在野象谷景区真正看到野象就像去购买彩票，是得靠一定的运气或缘分的，万事万物皆有缘嘛。而当我跨下缆车，双脚真正触及这块土地的时候，还是抑制不住受侥幸心理的驱使，几乎是以小跑的速度匆匆朝着树上观象旅馆的位置一路奔去。到达野象出没最为频繁的象塘后，就不停地沿着千余米长的高架观象走栏，反反复复地走了近十个来回，企图满足观象的心愿。

约莫等了三个多小时，还是无缘目睹野象那憨态可掬的身影。性急的我已丧失了继续等待下去的耐心，只好带着几分遗憾，一次次回头环顾空荡荡的象塘，怅然若失地离开了景区观象点，沿着蜿蜒曲折的象谷河畔的步行游览山道，在密林绿荫的内心徜徉观览开来。

其实，早在十几年前我就曾不止一次地跟随着猎人爬山越涧，深入过类似这片雨林的原始森林中，并在其间狩猎和野餐露宿过一些时日。而那时的我终究过于粗俗与愚钝，甚至暴露出本性中隐藏着无聊贪婪的另一面。整个生命成天享受着这片雨林和这块土地的养育庇护，却不知道对它珍爱、敬重或感恩，甚至还犯过不少伤害大自然平衡和谐的劣行。现在每每想起这些，总觉得无颜面对这片圣土，心中装着无限的愧疚。

而今天，当我不仅从高处鸟瞰，还徒步徜徉于古木苍天、绿荫蔽日的野象谷的雨林之中，仿佛每走一步都有所思、有所感、有所悟，心头总涌起一些独特的见解或新奇的发现。

人终归是不能超脱于自然之外的，而森林是我们最初的生命之源和文明的摇篮。诚然，人类无论怎么进化都是自然的一个组成部分，是不可能剥离自然而得于繁衍生存的。现代的人们由于在人声交错、物欲横流的世界里生活得久了，向往自然，回归自然就成为贮存于生命之中的密码，正被时间纷纷唤醒，并在潜意识里日渐强烈地呈现出来。接受森林、河流、海风、阳光、雨露的滋润、爱抚、洗礼，成为生命最本能的欲望和需求，成为永恒的心灵之约……

应该说，今天我正是在履约之中惊奇地发现，这雨林中生长着的一草一木，它们在一起生活的是那么的自然与和谐；那些喜阴的灌木和藤本植物，常常铺展出无边无际的绿毯；而喜阳的乔木却直奔苍天，为大地撑出稠密的绿荫。还有寄生的吊兰、石斛、槲寄生则栖居于高高的枝丫之间，尽情地绽放着五彩缤纷、千奇百态的花朵，形成空中花园……

总之，在这里无论是高大粗壮的，还是矮小纤弱的，每一种植物都可以平等的求得一块适合自身生存或发展的空间。一棵生命力弱的树木被另一棵本来附生于它身上，而生命比它旺盛的植物渐渐绞杀吞噬了，它就不声不响地把生存的位置让了别人。有的古树已经走完了生命的历程，它也不会更多地去惊扰邻亲近友，它会在风雨的侵蚀下悄悄地腐烂……

而那些绿叶花蕾则是该绿的时候尽情地绿，该张扬生命色彩的时候，就淋漓尽致地张扬展示自己的青春和美丽。而一旦到了该枯黄凋零的季节，这些花朵也会义无反顾地脱离枝头，无声无息地隐退化解为泥，给新生的叶芽花蕾适时地提供一份热情与关爱。我想，正是因了雨林中的一草一木皆有如此坦荡的胸襟和无私的情怀，地球上才有了西双版纳这么一片生生不息、四季常青的生命绿洲。

走进野象谷，自由得像一阵轻盈的风，飘逸得如雾一般徜徉漫步于绿荫掩映的象谷河畔，我终于顿然醒悟，其实，众山众水无时无刻都没有停止过对我发出邀请，只因我过于眼拙耳背，且心性又过于偏执，所以，才使我迟到了这么久……

虽然我不能在这里久留，也无福无缘目睹向往已久的野象真容，当我离开这条神奇的山谷的时候，还是在心中暗暗地祈祷：但愿下次再来的时候，有缘随愿一睹野象的真容，再和百鸟做伴，万木为伍，能再与秋虫和夜鸟兽鸣相伴共眠，并倾情倾心地与众山众物进行心灵的沟通与交流……

愿野象谷再给我千般感受，万般禅悟……

其实，西双版纳的一景一物，都是不可迁徙，无从复制，更是难以讲述的，要想真正品味和感受它的神奇和美丽，最为直接的就是亲身深入其间，静心地来阅读观察和不断地进行比较与体验。共同关注吧，这片被沙漠流放的生命绿洲，我们共同的家园。

对一条河流的祝愿

存一榕

一直以来，澜沧江在人们心目中就是一条神奇、神秘、神圣和充满神性的河流。

据各种资料记载，为了探测这条神性的河流，从 19 世纪 60 年代到 20 世纪末，就有包括法国国家地理学会、美国国家地理学会、英国皇家地理学会及日本、澳大利亚等在内的多个国际著名地理机构资助和支持的 10 多个探险队进入了河源区，寻找其源头。由于受当时当地自然条件及技术水平的限制，均无法提供对源头具有充分说服力的证据，也无法测定出整条河流具体的长度。直到 2007 年 8 月 6 日，从中国科学院遥感所传出消息，经我国遥感测量科学家刘少创及其团队的艰苦努力和精确测定显示：澜沧江发源于青海省玉树藏族自治州杂多县吉富山，其源头位于海拔 5200 米之处，地理坐标为东经 94 度 40 分 52 秒，北纬 33 度 45 分 48 秒。从源头算起，全长 4909 千米，在世界十大河流排序中名列第 10 位。这是迄今为止科学界，采用先进的 GPS 定位技术和 GIS 地理信息系统和卫星遥感技术对澜沧江源头考察的最新报道。

"澜沧江"，傣语称为"南兰章"。它的原意是百万大象聚集的大河。而"湄公"在老挝语里却是"母亲"之意。

这条全长 4909 千米的河流，流域面积 81 余万平方千米，是东南亚唯一一条流经 6 个国家的国际性大河。流经我国境内青海、西藏，云南这一段统称为"澜沧江"，全长 2129 千米；在云南省西双版纳的勐腊县出境之后统称"湄公河"。湄公河在老挝境内有1990千米（其中老缅界河总长234千米，老泰界河总长976.3千米）。在柬埔寨境内为501.7千米，在首都金边与其支流柬埔寨的第二大河洞里萨河相汇合。在越南境内长230千米，这条河流穿越了东南亚6个国家的版图，流到越南边境小城朱笃后，又逐渐分出9条岔道入海。所以，越南人也将其称为"九龙江"。

这条河流所流经的土地，是这世界上最美丽富饶的土地。从白雪皑皑的梅里雪山，到浓荫密布的西双版纳热带雨林；从雄奇险峻的澜沧江大峡谷，到一望无际的万象平原；从"三江并流"到"九龙入海"。它涵盖了寒带、温带、亚热带、热带等多种气候类型。从源头到入海口，形成了阶梯式的立体气候，给各种生物物种的繁衍造就了得天独厚的空间与气场。据资料介绍，流域内有830种哺乳动物，2800种鸟类，250种两栖动物，650种爬行动物，42860种维管植物，10000种昆虫和1500种鱼类，这里聚集了全球90%以上的生物物种，是地球上生物物种最丰富最集中的地区之一。目前，在湄公河的低地上依然生活着5500万人口。人们在它的支流上捕鱼、淘金、灌溉、运输、交换货物、走亲访友。现在老挝、柬埔寨、越南仍有40%～80%的人民的动物蛋白质完全依赖于这条河流里生长的鱼虾。泰国、越南、中国的云南，都是世界上优质大米的主产区之一；而泰国、越南更是被誉为世界的大粮仓。正是"澜沧江—湄公河"这位伟大的母亲用她最为纯净的乳汁养育着大地上的万物生灵。

一个民族文明的延续，永远离不开母乳般的河流为之哺育灌溉。澜沧江从时间的尽头流来，它将所流经的大地连接起来，使本来千差万别的自然环境、地理单元、民族生活方式串联成一个自然的纽带。它携带着众多古老民族的文化基因进入东南亚，它蜿蜒的河道成为古代民族迁徙的走廊和文化传播的通道。古往今来，各个民族的迁徙、交往和融合从来就没有停止过。它不仅是一条地理意义上供多民族迁徙流转的自然通道或走廊，更是一条为各民族生息繁衍提供营养的血脉与脐带。

其实，我还是一个青皮小子时，就跟这条河流打过交道了。事隔30多年，我依旧清楚地记得我与澜沧江的第一次亲密接触。

当时，我听说西双版纳各农场由于城市知青大批返城正在大量招工，我急忙从家乡赶到人生地疏的西双版纳寻找出路。可一连跑了好几个农场，得到的回答是："你先报名，然后排队等候通知。"虽说出路一片茫然，但我不想这么灰溜溜地返回家乡。正当我为生计四处碰壁时，恰好在景洪城里遇到了一个到这里工作了多年的老乡。他了解了我的处境之后，将我介绍到西双版纳师范学校的一个建筑工地去做装卸工。每天除了从车上往工地上卸砖块、水泥、钢筋、木料外，还得跟师范学校的卡车到澜沧江边将散落在河滩上的石头或沙子装上卡车运回建筑工地。

跟我一起做装卸工的另外3位工友，也是像我一样刚从内地涌来西双版纳寻找生活出路的盲流人员，同样的处境将我们暂时联系在了一起。我们每卸一卡车砖块、水泥或钢筋等建材，能够获得15元钱的卸车费。当时到澜沧江边取石和取沙都不必向任何部门上缴管理费或资源费，景洪城里许多建筑工地的用沙和部分石块，都取自于澜沧江边的沙滩。这些沙石都是澜沧江从上游搬运到这里来的，我们跟着卡车到江边每装一车沙子或者石头运回师范学校的建筑工地卸好，可以到学校财务室领取50元的劳动报酬。但要想挣到这点报酬绝非易事。因为景洪夏天的室外气温通常在四十多度。为了躲避酷热，驾驶员将卡车开到江边的沙滩调好头后，他就找一处阴凉的地方休息去了，我们装好车再去喊他来把车子开回去卸料。上午气温稍微低些，干活还不算太费劲，最怕的是到了下午，炙热的太阳已经把沙子和石块烤得像在锅里炒过似的烫手，在太阳和烫人的蒸气夹层中干活，要不了几分钟身上的衣服和裤子就能拧出水来，持续干上十来分钟我们就得停下来歇歇气。每每歇下来的时候，我和另外一个年轻的工友，就会不管不顾地迅速躺进澜沧江中，用澜沧江水对自己进行物理降温。而另外两位年龄稍长的工友，他们却不敢像我们这么时而一身汗水，时而一身江水地瞎折腾，即使热得喘不过气来，他俩只能钻到卡车货箱下面躲一会凉，然后再陪着我们一起干活。

在澜沧江边拣石块装沙子那段日子，感觉自己就像被铁匠锻打后放在炉火中烧红的铁块，烧到一定温度时就放到江水中淬一次火，经过这么反复不停地淬火，虽说远远达不到炉火纯青的程度，但我感觉自己从皮肤到血液，以及骨骼里都被注入了这条河流的许多元素。年轻气盛，宁折不弯的脾性明显得到了改变。我变得不再那么性急暴躁，性格中似乎还多了一些韧劲。应该说，是这条河流成就了我的脾气与性格。所谓性格决定命运，在很大程度上，它也左右了我一生的命运。

我跟澜沧江如此亲密地接触过一段时间之后，最终在距离澜沧江150多千米的地方找到了一份工作，在后来的日子，一年中也难得与澜沧江见上一面。但在我内心里始终流淌着这条河流，因为经常会在做梦时梦见它，梦见我又躺在江水中，尽情地享受凉爽的江水冲刷抚慰我的肌肤与心灵。

记得那是1991年的夏天，单位安排我到位于澜沧江畔的州委党校参加在职干部学哲学理论培训。下午坐在教室里听课，就像坐在蒸箱里面似的，浑身上下都是汗水。人虽然坐在教室里听课，但老师所讲的内容我根本听不进去，好不容易熬到下课，顾不得吃饭，拿上毛巾就径直朝澜沧江奔去，一心只想着让凉爽清澈的江水，尽快驱逐掉身上的油腻与心里的烦躁。走到江边迅速将身上的衣服脱下甩在岸上，就扑入清澈的江水之中，极尽疯狂地在江水中畅游开了，而且一心想着要游到对岸，然后再游回来。

　　不知是我带着一身的臭汗，就毫无顾忌地投入一江碧水之中，惹恼了这条有洁癖的河流，还是我的举止显得有些野蛮和粗鲁，破坏了她固有的安详与宁静。当我游到江中心的时候，却发觉昔日貌似平静悠然的江水，并非我印象中的那么平和，反而有些暴躁，我发觉我每向前游出去一米，江流就会将我往下游推出去十几米。这时，我才清楚地意识到自己太低估了这条貌似宁静的河流。其实在看似平静的江面之下却隐藏着许多尚不为我知的东西。看当时的情形，我别说想在江面上游一个来回，就是游到对岸也极其困难。我想马上掉转头来往回游，可是右小腿的肌肉偏偏在这时拧结在了一起，疼得我一时无法在激流中前进或后退，只能任凭江水挟持着我更加快速地向下游漂流而去。

　　在水里腿抽筋的事，过去没有在我身上发生过，而当时在江里游泳没有别人，就连江边也看不到有人影在活动，我心里不免有些紧张，在水里折腾了一番后，身体似乎越发沉重，一股劲地要往江底下沉。虽然心里在不断地告诫自己，必须冷静，只要忍过了这一阵疼痛，一切都会好的。而我的行动却早就乱了方寸，当我强忍着剧痛，使出浑身的解数挣脱了激流的控制，最终慢慢地游回到岸边。这里距离我下水的位置至少有三千米多，当我拖着极度疲惫的身体，沿着江边返回到我下水的地方，找到我的衣服穿上，我已经累得一点力气都没有了，只好躺在江边睡了一觉，才摸黑走回了学校。有了这样一次经历和教训，我一直都跟澜沧江保持着一段敬畏的距离。后来有几次到过澜沧江边，无论天气如何炎热，我也不敢轻易再下到江水里去游泳了。

　　没想到相隔二十多年，我又会重新回到景洪城来寻找生活出路，使我又一次与它拉近了距离。而且，我的家就在澜沧江畔，距离我当年下水游泳险些葬身鱼腹的位置只有一千米多。距离我曾经捡石头、装沙子的那片江滩也不足三千米。现在，只要到了夜深人静的时候，我躺在床上也能清晰地听到澜沧江的欢笑或喘息。我每天喝的是澜沧江水，用的也是澜沧江水。每天吃过晚饭，我几乎风雨无阻的要沿着滨江大道，一直走到当年捡石装沙的江滩那里去再返回来。有时还要在江边找一块光滑的石头，在上面静静地坐上一会，回味一下当年在这里取沙谋生的情景。只要到江边让徐徐的江风吹一吹，闻一闻从江水中泛起那种浓郁的鱼腥味，被工作绑架了一天的身心，好像立即就会得到松绑。若是在生活和工作上遇到什么烦心事，或心情特别郁闷沉重的时候，只要到江边走一走，坐一坐，静静地倾听一下江水发出的声音，心情就会渐渐自如轻松起来。我越来越意识到，我每天到这里聆听的已经不再是普通意义上那流水的声音，而是大地不息的脉搏与心跳，或者说是我在跟大自然进行一种交流和对话。因为听懂了它的声音，胸怀也会变得越来越开阔坦荡。

　　澜沧江所养育的生命数以亿计，肌体无间隔地与这条河流接触过的人也有几千万之众，但我想，能够像我这么与它进行无声的交流和沟通的人却不会太多，这是我的幸运。澜沧江对我而言远不只是一条养育过自己的母亲河，它似乎已经成为我的一种心灵和情感的归依，或者是一种精神的图腾，使我对它越来越保持着足够的虔诚和尊重。

　　只是这些年，这条河流同样不可幸免地被卷进经济这个怪物的漩涡当中，沿岸的植被不可幸免地遭受到毁坏，那些失去森林庇护的山坡，就这么无遮无挡地袒露在光天化日之下，天气晴朗的日子，地表水每天都被太阳给无情地蒸发汲走了。倘若老天连续落下几场大雨，雨水就会将大量的泥土携带走，把两岸曾经肥沃的泥土一直带入江水之中，然后被江水带到了下游。虽然沿江建起了一座座大坝，大坝能够减缓流水的速度，但阻止不了环境的恶化。可以说现在的澜沧江，每一天都是在伤痛和烦躁不安中度过的。它的这种改变速度使我感到特别意外和惊慌，甚或是几近惊恐。只要心里一想到澜沧江的现实处境，我便陷入深深的忧虑与不安之中。我甚至也变得像这个世界一样，异常地躁动不安起来。但不管世界如何躁动不安，我都在内心中默默地祝愿，祝愿它在天地间永远无忧无虑、自由自在地流淌下去。

灵弃之水

存一榕

只要谈到西双版纳，谈到傣族的传统文化，就离不开水。傣族通常被别的民族称为"水摆夷"（水傣）。原因之一就在于傣族比居住在其周围的其他民族更喜欢水，喜欢用水洗澡沐浴。所以傣族素有"一日十浴"之说。水与傣族日常生活的方方面面都有着紧密的联系，久而久之便形成了一种与水息息相通，并被视为民族传统文化的水文化。

傣族作为一个注重人类社会与自然环境之间的和谐的民族，水在社会中不仅仅是一种自然元素，同时还是一种具有丰富文化内涵的产物。作为一个崇尚水的民族，水在他们美好生活的乐章里是最富色彩的一组音符。因而在傣族人的心目中"水"被视作一种圣洁的物质。他们"爱水""敬水"，对水始终怀有一份极为真挚、深刻及特殊的感情。在西双版纳井亭或井塔成为傣族爱水敬水最为直接的表达形式，也是一个极其鲜明的文化符号。人们只要走进西双版纳的傣族村寨，都会看到每个村寨都挖掘着几口水井，并且每一口水井都悉心的装饰与美化过。对水井的装饰与美化通常是在水井的面上加盖井亭或井塔，然后再在井亭或井塔上用金粉和油漆描绘上富有特色各种图案。这种建在水井上的井亭或井塔通常只留下一个取水口，其他的三面都用砖石水泥砌严，以防止树叶树枝或被风吹来的其他杂物掉入井中污染了井水，也防止了下雨时遍地流淌的洪水带着泥污进入井中。在傣族的心目中水井里有水神，所以必须为他盖一座好房子，只有这样（在水神的保佑下）井里的水才会又满又甜。基于这样的理念，傣族社会里关于敬畏水井与水神的习俗也就形成了。例如：妇女是不能在水井边进行洗浴的；凡是认为会对井水构成污染的东西也不得直接拿到水井边上洗涤，而且每年人们都必须对井神进行祭祀。

傣族原始宗教信仰的是万物有灵论，他们认为宇宙里的每种事物都有灵魂。太阳、月亮、星星、土地、动物、植物、石头以及其他物体都拥有不同的灵魂。因此，奔流不息的河水也拥有自己的生命和灵魂。水是一种具有生命的圣洁物质。人们热爱水、崇拜水，对水施行祭祀。主要是为了祈求水给他们带来好运，同时也是为了在人身遇到伤害的时候能够获得水神的保佑。

傣族喜欢逐水而居，把村寨安置在紧挨河流湖泊或池塘及水泊的地方，他们除了喜欢到自然的河水和湖泊及池塘中沐浴和打鱼食鱼，过去还有采用水葬的习俗，傣族的传统民居是干栏式建筑（竹楼），竹楼的建筑材料主要是由木、竹、草构成。而傣族要把生火做饭取暖的火塘安置在竹楼中央。本来木板、木柱、木梁，竹板、竹片、竹条，用茅草扎成的草排盖顶的竹楼整栋房屋都是易燃物，竹楼中央又安放着火塘，这就极大地增加了防止火灾的难度。要是谁家稍有不慎造成了火灾，只要一家起火立即可能殃及整个村寨。在过去一场火灾把一个甚至紧挨着的几个村寨化成一把灰烬的事情时有发生，防火就成了傣族日常生活中的头等大事。因为只有水是火最有效的克星，为了最为有效地防止和控制火灾，选择挨水最近的地方安置村寨就成了最优的选择。这也是傣族喜欢逐水而居，把大部分村寨都建在水边的重要因素之一。

提到水与傣族的关系，在西双版纳傣族民间就流传着一个《葫芦信》的故事，这个故事就很好地诠释了傣族与水深厚的渊源。

《葫芦信》的故事就发生在西双版纳的南乔坝（勐遮坝）。南乔坝是西双版纳最大的平坝，在距今大约200年左右，这个平坝里就已经生活着勐遮与景真两个召勐（云南西双版纳傣族地区旧时的行政区划单位，勐即傣族土司所统治或管辖的一个行政区域，每一个勐也相当于一个傣族小王国。召勐的傣语音译，意为"一勐之主或一勐之王"）。当时这两个勐的总人口达九万多人。在这两个勐中勐遮是大勐，人口和土地都是景真的好几倍。这里田地肥沃，清澈的南卡河流过坝子中央，得天独厚的自然条件使两勐的百姓过着安居乐业的生活。这两个勐之间一直友好相处。

真是一方水土养一方人，勐遮王子召罕拉人长得英俊正直，而景真公主南慕罕出落得如花似玉。在一次赶街日，召罕拉与南慕罕偶然相遇了，两人一见钟情，最终结成了恩爱夫妻。

勐遮王统治着很大一片的区域，家里珠宝金银堆积如山，有数不清的牛马和成群的大象，过着相当富裕的生活。而景真虽然是个小勐，但土地同样肥沃，牛马满山，大象成群，景真王家中的珠宝金银一样满囤满仓。景真的百姓同样过着十分富足的生活。没想到景真的富裕，成了勐遮王觊觎的一块肥肉。为了侵吞景真，他苦苦地想了三年，后来利欲熏心的勐遮王全然不顾自己的儿子娶了景真公主，两家人已经是儿女亲家这样的亲戚关系，也不顾儿子的极力反对，更不考虑儿媳会有怎样的感受。他首先是设计了一个鸿门宴，邀请景真王到勐遮赴宴，企图暗中在景真王的酒中下毒，毒死亲家后一举侵占景真。由于正直的勐遮王子召罕拉知道了父王欲毒杀岳父的计谋，内心感到十分地焦虑、紧张和痛苦，在劝阻父王不果的情形下，只好将自己知道的秘密向心爱的妻子南慕罕托盘说出。景真公主南慕罕获悉父王本次赴宴将遭暗害，内心十分焦急、痛苦不安，于是就设法在父王前来赴宴时，伺机将这个阴谋悄悄告诉了自己的父王。得知女儿的这个消息，景真王前胸后背惊出了一身冷汗。于是，在宴会即将开始时他就以肚子痛为由退席返回了景真，总算躲过了此劫。没想到贪婪的勐遮王在阴谋落空后，又招来他的心腹西纳巴塔玛商量计谋，一计不成又施一计，选派四名杀手潜入景真刺杀景真王。虽然景真王刚躲过了一劫，但他意识到勐遮王绝不会善罢甘休，回到景真就召集西纳商议对策，让卫兵日夜巡逻加强了防备，当勐遮派来的四位杀手刚进入景真就被卫兵发现了。于是三个杀手被击毙，一个被抓获。眼看派出去的杀手没有按时返回，勐遮王知道事情再次败露，于是他再次与心腹西纳巴塔玛密谋，又计划出一个更为恶毒的阴谋。他对自己的纳西们谎称"景真杀害了他派往景真商量要事的四名官差，现在他已向景真送去急信，限景真王在五天内前来抵命，他若不来勐遮就向景真出兵报仇雪恨"。召罕拉王子得知父王和西纳巴塔玛的又一个阴谋行将实施，让他羞愧愤怒得浑身发抖。为阻止这场可怕的战争，王子用下跪来向父王求情，可王子苦口婆心的相劝丝毫也改变不了利欲熏心的父王做出的决定。王子不想两勐发生流血战争，但又劝阻不了父王，他又一次含泪向妻子南慕罕说出了实情。公主担心自己年老的父母，担心家乡无辜的百姓。正当她思索着要如何将这个消息带给父王的危急时刻，忽见树上吊着一个随风晃荡的葫芦，她惊喜得连忙向天跪拜，然后小心地摘下这只葫芦，并在葫芦上画上表示仇杀的符号，又急忙写好一封向父王告急的信。她将这只葫芦钻出一个小孔，把写给父王的信装入葫芦后把孔眼密封好，然后约上知心的女伴，以到南卡河洗头为由来到南卡河边。当她来到南卡河边立即虔诚地对上天跪拜，然后再对水神合掌跪拜祈求说："万能的上天和水神啊！请你们保佑和帮助我，让河水把这只葫芦尽快漂到景真，让像我一样到南卡河洗头、洗澡、洗衣的姐妹能够看到这只报信的葫芦，并尽快交到父王的手中。不然，一场血腥的灾难就要降临到我的父王和千万无辜的百姓头上了。"公主向上天和水神说了自己急切的诉求后，就用双手捧起葫芦小心地放入南卡河中。没想到本来平静地向下游静静流淌着的南卡河水，立即翻腾起一层层洁白的浪花,首先是一层层的浪涛逆流翻涌,呈现出由下游向上游倒流和水位上涨的奇异现象。这个奇异现象使本来处于枯水季节的南卡河的水位一下子提高了许多,当河水的水位明显地上涨之后,转瞬间倒流的河水又改回顺流而下,河水就卷带着这只装着公主写给父王信件的葫芦向下游奔涌而去。河水以最快的速度将这封葫芦信带给了处于下游的景真。而此时南慕罕公主小时最好的南香婉等几个姐妹,刚好就在南卡河中洗澡,远远地就看见河水中翻腾着一团奇异的浪花,这朵浪花中有一个花溜溜的东西在不停地旋转着向她们急切地奔来,她们急忙将其捞起。发现是只葫芦,而这只葫芦相当奇特,葫芦身上竟然画着仇杀的符号,还写着景真王的名字。南香婉立即意识到这只葫芦绝不寻常,就迅速将葫芦送进了王宫。景真王看到不仅葫芦上画着仇杀的符号,而且还有自己的名字顿感事情紧急。立即擂鼓召集头人百姓,当众宣读了公主的来信。听完信里的内容头人和百姓都愤愤不平,全勐上下做好了迎敌准备。当五天后勐遮王的千军万马杀气腾腾地奔袭景真时,景真的士兵和百姓凭借早已修筑好的牢固工事奋勇抵抗,仅以少量的兵力,就成功地击败了勐遮王派往景真千军万马的进攻。而利欲熏心的勐遮王获知景真早有防备,知道一定有人走漏了消息,经过追查发现是自己的儿子和儿媳将消息带给了景真。他一时恼羞成怒竟然无情地下令活埋了自己的儿子和儿媳。由于勐遮王的阴谋和野心彻底败露,他感到没脸再面对百姓,就喝下一杯毒酒结束了自己的生命。

这个《葫芦信》的故事,是1991年我到勐遮大白塔游玩时,看守大白塔的一位老波涛跟我讲述的。两年之后我和两位朋友办了停薪留职手续,合伙下海承包了一个当地的茶厂。当时觉得《葫芦信》这个故事很有意思,而且这个故事在西双版纳算得是家喻户晓。就想借用《葫芦信》的故事来打造一个具有地域文化特色的茶叶品牌,准备把我们的茶叶命名为"葫信茶"和"福信茶"。可又担心这么套用发生在当地傣族民间的真实故事，有可能会引起意想不到的纠纷。我们就专门去登门拜访了当时还健在的景真末代王。因景真末代王在当地具有很高的名望，只要征得他的同意就不怕引起不必要的纠纷。为了见到景真末代王，我们专门找了熟人引见。到了景真末代王家里，我们向他说明来意之后，他不仅不反对我们这么做，还十分支持我们的想法。而且，经我们这么一提醒，这位慈祥温和的老人一时兴起，又详细地给我们讲述一遍《葫芦信》这个发生在他的家族中极其悲凉的故事。他告诉我那个用葫芦给父王传递消息的南慕罕公主正是他的姑妈。

　　傣族原始宗教信仰的是万物有灵论，他们认为宇宙里的每种事物都有灵魂。在《葫芦信》这个故事中，当一场正义与非正义的战争不可避免地发生时，上天和南卡河的水神都秉持了正义与公正，并用自己特别的方式帮助正义的一方去战胜邪恶的另一方，《葫芦信》的故事正好佐证了水也是有灵魂的。而且，傣族与水不仅达到了潜移默化的感化作用，而且他们与水已经在心灵和感情上都息息相通，人与自然的这种默契和感情，已经到了用语言无法诠释的境地。

　　可惜的是在昔日大河小河密布、湖泊池塘众多，被人们喻为"鱼米之乡"的西双版纳，由于原始森林锐减，降雨量呈逐年减少的状态，现在也出现了河流断流，湖泊池塘干枯的情形。而且，这种情况呈愈演愈烈之势。就连奔腾不息的澜沧江，由于上游的森林植被遭到无情地砍伐，生态环境日益恶化。江水的水位也在逐年下降，河床越露越多。加上当群众盲目种植橡胶、茶叶、咖啡等经济作物，使得土地不能涵养足够的水分，地下水位持续下降，而流经这里的大小河流的流量逐年减少，有许多小河甚至成了季节河。而许多曾经流水潺潺的山涧小溪已经枯竭断流。导致村寨里的许多水井泉源也渐渐枯竭，使人们越来越喝不到清甜的井水。为了维持日常生活用水，只能靠修筑水库水坝来提供。曾经的"鱼米之乡",为了解决越来越紧张的饮用水问题,人们不得不修建更多的水库。当一座座水库水坝修好以后,库区周围所有的森林植被却又不可幸免地遭到了严重的破坏。随着这片热带雨林面积的大幅萎缩,当地的许多水源也日渐枯竭,由此而造成了生态环境的恶性循环。一些傣族村寨甚至连人畜饮水都很缺乏,为了寻找新的水源,他们不得不向新的地方迁徙。这个跟水结下极其深厚感情的民族,有可能在不远的将来就会陷入缺水的境地。

回不去的故里

黄贵方

"那烘"这个地名,是壮族语言的音译,其意为"缴纳'皇粮'的稻田"。那烘瑶族村,隐藏在达良河北岸,一条凹凸不平的土路,沿着河岸弯弯曲曲,生涩地把她与外面世界连接,短短7千米的乡村道路,却需要半个小时的车程。这,就是我的故里!

乡愁是什么?是身居异乡游子记忆中的碎片,或是多金人士一掷千金的牛气,抑或是莘莘学子衣锦还乡的炫耀?其实,乡愁不在假想里,她是流淌在游子血液中的情怀,是人们一生刻骨铭心的烙印,是拳拳赤子之心的心理亏欠,是游子遥望故里的顾盼与长叹!

很多时候,距离产生了美感,使美丽在想象的空间里翱翔。然而,有一种距离却使人留下了遗憾,而时间距离造成的遗憾,要比空间距离留下的遗憾多得多。随着时间的推移,离别亲人的场景,告别故乡的记忆,怀念故里的情怀,仿佛是洒落在身后的一串碎片,欲拾还漏,欲归不能,疲惫的身躯往复徘徊,挂在心尖的乡愁如影随形,依旧无法穿越时间的隧道。

变迁了的村落,不认识的故里。老家是偏僻的山村,静静地散落在广南北部的山间,如若没有"万山鼻祖,江河之源"的九龙山,人们是不可能想到"底圩乡那烘村"这个地名的。千百年来,瑶族先民或因瘟疫所迫,或因逃避战乱而大举南迁,然后又沿着珠江水系西行,最终有一部分在这片沃土上定居。他们几经聚散、历经繁衍生息,滇赛这个瑶族村落便一分为四,人丁也翻了好几番。中华人民共和国成立后，随着田地山林等生产资料的固定，他们又从山上搬到了达良河岸，从游耕民族变成了定居民族。

1978年12月，改革开放的号角犹如一声惊雷，震醒了大江南北的睡狮，中国历史掀开了崭新的一页。不甘落伍的瑶族同胞迎头追赶，在大搞农业基础设施建设的同时，积极引进先进的农业生产技术，那烘瑶族山村发生了天翻地覆的变化。如今的故里，尽管依旧大分散小聚居，与壮族、汉族等民族杂居在河谷两岸，与他们"同住一座山、共饮一江水"，但是，瑶族历史的印痕已经渐行渐远，固有的劳作方式已经被彻底打破，勤劳的瑶族同胞，从衣着到住行都步入了"城镇化"，再也找不到"火塘边"的古老民歌，也看不到"远看青山绿水、近看牛屎马粪"的原始风景。

在我们的故里，一直流传着一句古话："汉族占街头，壮族占水头，瑶族占箐头。"这既印证了瑶族历史的悲壮，也说明了瑶族人民生活的艰苦，更说明瑶族生存条件的艰辛，不仅增加了瑶族人民的生活成本，如今又增加了扶贫攻坚的难度，也需要各级政府增加基础设施投入的力度。

适者生存是自然法则，在人类发展的进程中，瑶族既是一个适应能力强的民族，也是一个自强不息的民族。比如我的故里，改革开放几十年间，尽管国家给予的投入屈指可数，但他们不等不靠，一直秉持"等不是办法，干才有希望"的信念，用自己的双手耕耘着山水田园，把茶叶播种到山顶上，变山野为绿色的聚财之源。他们省吃俭用，将有限的收入匀了又匀，采取自筹资金、投工投劳的办法，修桥筑路、架设电路、建设家园，使一个闭塞的山村，连接了外面的大世界。

世间多少事，弹指一挥间。今天的故里变了，变得让归乡游子找不到曾经的沧桑，变得使我们对故里感到了陌生，也变得使我们身居异乡更加自信！是啊，错落有致的民宅，层层叠叠，一直堆积到山外的茶园，宽敞的混凝土马路，延伸到翠绿的山野，处处彰显时代的气息。村子扩容了、人丁兴旺了、村貌美丽了、村容洁净了、轿车进村了……如此巨变的故里，我们还能回得去吗？

荒芜的田园，宁静的河谷。我们老家是一个很小的山村，全村只有几十户人家200多人，星罗棋布的小洋楼就洒落在达良河北岸，几百亩稻田摆满了河谷，不规则的沟渠把河水引到了田间，平缓的田畴跟着河流延伸而一望无际，一直是广南县的稻谷生产基地，曾经是农业税的重负区，那些年人均上缴公粮多达100公斤以上，历史上被誉为"皇粮"之田。然而，自从国家免征农业税之后，村民们宁可让几百亩稻田撂荒，放弃耕种水稻，而山上的茶园却打理得井井有条，把经营茶叶放到了首位，这就是农业产业的"倒挂"。引起产业逆袭的原因是多方面的，既有种稻谷成本高粮食价格低的因素，也有经济作物附加值高的原因，但最关键的是人们的商品意识增强了！

不论是哪一个民族，人们对未来生活的憧憬，就是居有住所，行有名车，活得自在，吃穿不愁，生活富裕！然而，在我们老家，农民人家居然不养牛马，耕田耙地被机耕所代替，运输送货被机动车取代，山里的小后生们，对牛马的习性与作用已经知之不多，过早地"跨越"了历史发展的进程。住房革命更是变得彻底，"十六根柱子一栋楼"的瑶族建筑风格，曾经被多少代农家人津津乐道，也一直被视为农村古建筑的时尚，如今古式建筑已经消失殆尽，往昔从"人"字形的屋山墙上升起的袅袅炊烟，已经成为人们模糊的记忆，取而代之的是"砖混结构"的平顶洋楼，是看不见炊烟的新型瑶族山村！

山还是那座山，河还是那条河，只是时过境迁、已经物是人非，既听不到牧童暮归的悠然笛声，也看不到牛马成群的山野风景，回望遥不可及的过去，觉得时日是如此的久远，反观现实瑶村的急速变化，又觉得好像失去了什么，或又似是自己落伍而格格不入？如此这般的故里变迁，我们还能回得去吗！

居住饮食的变化，民族服饰的淡出。一个长期生活在山里的民族，拥有几千年的文化传统，积淀在他们灵魂深处的文化深远而厚重，她的生命力也曾一度旺盛而弥坚，她的民族性理应得到保持和弘扬。然而，社会的开放性，打破了民族的自我封锁，促进了民族间的交流，拓展了人们的交流空间，较少民族在社会交往中，受语言、文字、服饰等传承的局限，也将在文化互动中逐渐被趋同，民族大同已经成为人类发展的趋势。

瑶族是一个古老的民族，可以追溯到炎帝黄帝之后的蚩尤部落，经过漫长的迁徙颠簸，在长期的繁衍生息中，瑶族形成了独特的文化。然而，保持传统是相对的，追求时尚是绝对的，如今在我们的故里，仍然穿着瑶族服装的已经为数不多，就是重要节日也看不到几个，瑶族服饰作为一种文化符号，已经逐渐淡出人们的视线。

民族服饰的淡出，是民族文化趋同的信号。走进那烘瑶族山村，男女老少都会讲壮语和汉语，甚至还会讲流利的普通话，但是，要让他们讲纯净的瑶族语言那就困难了。不仅很多外来语都不能准确地翻译，就连传承几千年的经书和歌书，也没有几人能够顺畅地朗读，即兴编唱的瑶族堂歌几乎已经失传，能歌会唱的更是寥寥无几。由此可见，目前瑶族文化传承严重缺失，取而代之的是外来文明的渗透，是流行音乐的广泛传播！如此的人文景观，如此的社会变迁，这样的文化现象，已经成为一个沉重的话题，我们还能够回得去吗？

回不去的故里，既让人喜悦，也让人忧愁。喜的是工业文明已经走进了山村，城乡差别日渐缩小，人们不再为吃穿住行忧虑，农民富裕才会有国家富强；忧的是民族文化建设的缺失，将促使民族多元文化的丧失，必将导致人类精神家园的溃堤……

民族大同不等于民族同一，但愿这些忧虑，只是杞人忧天！

2016 年 3 月于文山

底圩，文人欠你一个赞

黄贵方

不张扬、深藏不露，不显贵、身居世外；河流蜿蜒，沟壑纵横，富饶的沃土，辽阔的山地；山峰巍峨，群山簇拥，深藏在勾町古国的故里，隐居于壮乡瑶寨的深山，她就是广南县底圩茶叶之乡。

底圩是一部厚重的茶文化史诗，也是名副其实的茶叶之乡，距今370多年前问世的"姑娘茶"，在《红楼梦》中就有详尽的描述，其品牌已经闻名遐迩，如今又发现千年古茶树，印证了茶乡历史长河的古老长卷。在397平方千米的土地上，种植有1万多平方米茶叶，人均种植茶叶面积达4067平方米，茶叶产值跃上了数亿元大关，在滇东南茶叶产业中独领风骚。

"底圩"是壮族语言的音译，其意为赶街的地方。史料显示，底圩成为赶街场所，可以追溯到宋朝年间。据传说，当年侬智高兵败后，退兵西进逆驮娘江而上，曾经在底圩茶乡驻足，后因战马脱缰被迫追战马西去，他遗忘在街头的一把宝剑，幻化为形如伞状的大榕树，这棵古榕树占据底圩街头近千年，不仅成为底圩的一景，而且后人一直把它当作神树来祭祀。据《广南县志》记载，清道光五年（1825年）设底圩营，民国二十一年（1932年）设底圩区，后废区扩乡改为北藩乡，1949年11月，建立北藩乡人民政府。历史在反复更替，唯独茶乡盛名不改，底圩因盛产茶叶而成为街场，是昆明至邕州商业古道上的茶叶集散地。

故里依稀，初心难忘。生于斯而长于斯，作为20世纪70年代从茶乡走出来的读书人，面对故里厚重的历史文化，如此绚丽多姿的山川河流，我却一直没有用心去品读，也没有为她的富饶美丽去歌颂。当我已经步入花甲之年时，回首漂泊宦途的人生经历，深感愧疚而无颜见父老乡亲，觉得自己欠了底圩一个赞……

还好，毕竟底圩的学子不止我一人，诸多后生已如雨后春笋，在世界各地施展才华，寄希望于后人永远是靠得住的。从我们村走出来的一位学者，尽管客居他乡终究情牵故里，经过长达一年多时间的调查研究，2003年5月，云南民族出版社出版了他的著作——《靛村瑶族》。他对那烘瑶族村的历史变迁、人文风物作了详细的陈述，这是有史以来书写底圩的专著，填补了底圩没有典籍的空白。《靛村瑶族》一书专业性强，发行量也比较少，但是，在国内外民族学研究领域，还是有着极大的影响。而且，作为一部"民族志"科目的书籍，确实不失为一部好书，即使是亡羊补牢毕竟也有书为证，好歹让山外人了解底圩有了依据，也给我们读书人的心灵得到了些许慰藉。

山色壮丽，富饶秀美。底圩是典型的山区，大小山脉有好几百座，跌宕起伏而纵横交错，但是，千溪汇流成河，万壑集聚成山，山连山、梁牵梁，水连水、溪汇溪，山里山外各不同，境内最高的山是羊窝山。底圩地处北回归线，是九龙山山脉向东延伸的腹地，山高坡大，土地肥沃，空气湿润，雨量充沛，海拔高度在690米~1915米之间。在羊窝山上俯瞰，茶园与远山相连，稻田与河流相映，一座座大山从河谷拔地而起，矗立在两条河流之外；山村农户的炊烟，从河谷向山间袅袅升起，掩映在茶园与绿树之间。在达良河两岸仰望，只见青山如黛，白云悠悠，云朵如绵飘洒在山间；碧水如蓝，雾锁山间，河水从脚边涓涓地流淌……

河流蜿蜒，流水清澈。底圩的河流有好几条，全部发源于九龙山系，但主要河流只有达良河和那达河。这两条河流自西向东流淌，浇灌着这片富饶美丽的土地，而后绕山绕坎依依不舍地前行，在坝美镇汇入驮娘江。底圩的海拔落差1200多米，温度湿度刚好适宜植物的生长，满山遍野的阔叶林，蓄积着大量的地表水，绿满茶园的茶叶树，积累了无限的后发资源；塞满河堤沿岸的稻田，阻挡了河水的流速，形成一凼又一凼的流水，缓缓地停泊在河流中央，鸭鹅在河塘里嬉戏，牛羊在山坡上溜达，若是赶在时令季节来到底圩，呈现在眼前的是一幅活生生的《清明上河图》，那山那水那情那景确实令人流连忘返。

  茶香留客住，诗好带风吟。茶叶是底圩的灵魂，在底圩河谷驻足，不仅闻到山川河流散发的茶香，还能从农家升起的炊烟中，食吸到窗外飘洒的茶叶香味。沟壑纵横的山脉，河水潺潺，清浅如练，一望无际的山坡，绿油油的茶树涌入眼底，就连山里女孩的衣装，也用芬芳艳丽的茶花来点缀，主人待客亦是一碗清香的热茶。要是在农家做客，吃的是茶宴，谈的是茶经、说的是茶事、唱的是茶歌，处处彰显着浓厚的茶文化。然而，如此厚重的文化积淀，却没有被历史文人所关注，千百年来的山水风物，居然没有留下文化的注脚，多少还是给我们留下了遗憾。

  底圩的茶经久不衰，不仅茶的历史十分悠久，而且，茶叶的质地和品位，历来更是为饮者所称道，是市场上的紧俏商品，也是普洱茶的家族成员。尤其是底圩"姑娘茶"，既是商家的镇店之宝，也是馈赠亲朋的上好礼品。据《广南府志》记载，清朝顺治年间，底圩"姑娘茶"已经在市场上行销，至今已有370多年的历史了，如此久远的饮食文化，已经超出人们饮茶的境界！

  民间对底圩"姑娘茶"的传说，有好多个不同的版本，既有关于战斗故事的，也有赋予爱情故事的，但本文不去讨论这些话题。据相传，在云南省的底圩茶乡，勤劳坚韧的各族妇女，自古就是茶叶生产制作的主力军。她们常常迎朝露、顶烈日、冒风雨、踏夕阳，早出晚归，披星戴月，采茶制茶。茶叶不仅融入了她们的情感，也寄托了她们的希望，因此，人们将茶叶称之为"姑娘茶"，赋予了对女性的无限崇敬。此外，还有一个传说，据说清朝顺治年间，杨春吉发明了新的制茶方法：先将金竹锯成筒，再将春尖茶叶装进去，用文火慢慢烤干，制成了竹筒茶。生产出来的茶叶，既有茶叶的本味，又有金竹的幽香，形状优美而飘香四溢，一路畅销而闻名遐迩。杨春吉有个独生女儿，又漂亮又勤快，从小跟随父母种茶、采茶、制茶，终于学有所成、子承父业，传承了这套制茶工艺。后来壮家姑娘都用"姑娘茶"作为定情信物，馈赠给自己倾慕的情郎，久而久之就被称之为"姑娘茶"。

据对滇东南商贸史考证，形成于隋唐的商业古道，起于昆明经弥勒、广南、剥隘到邕州（今南宁），明清时期商贸活动十分活跃，云南的茶叶就是经由这条商道，源源不断地销往海内外的。茶叶是蓬松的物品，为缩小体积方便运输，底圩茶乡以生产紧压茶为主，产品主要有团茶、饼茶、沱茶等，其加工工艺为：大叶种茶树鲜叶、锅炒杀青、手工揉捻、晒干、晒青毛茶、蒸软、揉（压）制成形晾干。清顺治十六年（1659年），清朝政府平定云南，普洱茶作为云南特产之一，开始上贡清朝皇室。

物华天宝，钟灵毓秀。底圩既是"茶叶之乡"，也是"鱼米之乡"，种植业一直是底圩的传统产业。在这片沃土上，居住着壮族、汉族、瑶族和苗族等世居民族，千百年来他们和睦共处，共同耕耘方圆几百平方千米的沃土，推广新技术、培育新产业。近现代以来的百余年间，在水稻种植的实践中，还培育了享誉全省的杂交稻品种，被称为广南的"粮仓"。

底圩的养殖业技术也比较超前，明清时期就广泛应用了孵化技术，培育出享誉东南亚的底圩麻鸭。据说，明清以来的几百年间，每年农历八月商人就云集底圩，抢购刚刚肥膘的麻鸭。他们几人一帮自组成团，全靠两条腿把几十万只麻鸭赶走上路，经砚山、麻栗坡而后进入越南河江，历经数月翻山越岭，源源不断地将麻鸭供应到越南市场，底圩麻鸭也成为最早的出口商品。

底圩也是人才辈出的摇篮，在抗日战争时期，先辈们眼看战火一天天临近，祖国江河即将破碎，他们响应祖国的召唤，选送了大批优秀青年奔赴前线参战，同时，大力兴办教育，输送青年学子赴西方留学，他们学成回国后积极投身祖国的建设事业，有的还成为远征军的战地翻译官。中华人民共和国成立后，教育事业蓬勃发展，一批又一批学子走出山门，为祖国的富强贡献了毕生的精力。

如此丰厚的沃土，如此壮丽的山河，如此付出的民族，是全乡38000多各族儿女的情怀，他们默默奉献，却不求丝毫的回报，是他们无私的付出，才换来了今天的繁荣。我们作为识文断字的后生，在分享故里悠久文化的同时，难道不觉得欠了底圩一个赞吗……

2016年12月18日于文山

南利河大峡谷纪行

黄贵方

南利河大峡谷,坐落在中越边境的富宁县木央镇普阳村委会,这里不仅因普阳煤都而闻名遐迩,而且,普阳瀑布也是文山境内不可多得的景观之一。随着南利河梯级电站的建成发电,南利河在普阳段形成"高原平湖"的景观,又为边关美景增色许多。全长十多千米的大峡谷,碧绿的湖水、蓝蓝的天空、青青的森林,构成了独特的山水风光,是文山境内仅有的内河大峡谷。

南利河又称普梅河,流经中国云南省东南部和越南西北部,是盘龙河(泸江)左岸支流。发源于中国砚山县江那镇的姑娘山,蜿蜒南流至盘龙彝族乡翁达村观音洞就潜入地下,暗河长达3千多米,重新出流后经砚山县八嘎乡转东流进入西畴县,经西畴县鸡街乡称鸡街河,经广南县和麻栗坡县交界称"大河",再流向南成为富宁和麻栗坡的界河,开始称为"南利河"。南利河在富宁县木央镇西南成为中越两国界河,界河河段全长16.4千米,于富宁县田蓬镇西北出国境流入越南,南利河在越南境内称儒桂河(越南语:SôngNhoQuế),于越南宣光市以北汇入泸江(盘龙河下游)。南利河在中国境内全长185.7千米,落差1386.8米,流域面积3716.6平方千米,流域内喀斯特峰丛、洼地与地下暗河发育丰富。

坐落在富宁与麻栗坡交界的黄果树电站建成发电后,南利河大峡谷就静静地躺在这里孕育了十多年,她像闺中待嫁的靓女,日渐丰韵而风姿迷人;犹如蓄势待发的壮士,正等待着出击的命令!然而,不论有没有游人光顾，不论有没有名人指点，她那内秀而外慧的品质依然毫不减色。而且，这里山光水色的灵秀、这里动物植物的繁衍生息，一直按照自然规律不停地运行，在无声无息之中发展、变化，使这里的景观日臻丰韵，让附近的村民尽享大自然的恩赐，观赏水光山色的美景，欣赏林涧野渡的猿声鸟语，聆听浪击湖岸的恢宏声音……

其实，南利河大峡谷并不遥远，她就像一颗闪闪发光的明珠，镶嵌在富宁与麻栗坡两县交界的普阳村，海拔200多米的峡谷，属热带河谷气候，距中越边境线也只有十几千米。富宁—麻栗坡的边境公路，尽管绕山过坎，山路弯弯，却全是柏油马路，路面倒也比较平整，有"曲径通幽"的韵味。绕山越壑的盘山公路，飞越山谷的一座座桥梁，既是连接此山与彼山的纽带，也是构成横跨南国的风景，是天人合一打造出来的景观，加上南利河又是中国与越南的界河，国境线固有的神秘色彩也是令人向往的。

当汽车拐进南利河河谷时，也许你会觉得河床不够跌宕、河谷不够陡峭、河流不够汹涌、浪花不够洁白，致使你有瞬间的遗憾。然而，飞流直下的瀑布，高悬半山的彩虹，碧绿如黛的植被，一望无际的峡谷，蜂拥而来的群峰，却让你目不暇接。汽车沿着南里河大桥缓缓行驶，那哗哗的流水、那滚滚的浪花、那穿梭的鱼群，已在不经意间从脚下流淌，悠然自得的流水带着无限遐想，沿着陡峭的山谷向着远方奔流不息。

千里边关，阡陌纵横；万顷疆域，峰回路转。有高山有流水、有河谷有险峰，有山梁有丛林、有田畴有原野，这是云贵高原独有的景致，也是大自然给边关儿女的恩赐！从1800多米的六诏山脉垂直而下，到200多米的南利河大峡谷，随着地理地貌的向下落差，气候、湿度和植被的骤然变化，使你仿佛从一个世界走进了另一个世界。南利河在中国境内蜿蜒曲折，在富宁县木央镇黄果树电站的"高原平湖"

稍作停歇后，就急急匆匆地向西南拐去，从边境小镇田蓬境内流出国境，她像一名出征的勇士，亦犹如一头倔强的雄狮，勇往直前而义无反顾，直奔涛涛的泸江而后汇入北部湾……

南利河大峡谷，至今还没有权威机构为她命名。不过，不管是叫"普阳大峡谷"，还是叫"董福大峡谷"，抑或是叫"南利河大峡谷"，其"天生丽质难自弃"的内在品质，都不会因为起什么样的名字而影响大自然赋予她的美！因为，高高的孟梅山一直不肯向董浪山低头，使南利河流连往返于崇山峻岭之间，于是，两座山峰便从北向南一路并驾齐驱、互不相让，从而使南利河大峡谷更加深邃，使两岸的山峦更加陡峭壁立，使两岸的森林愈加繁茂，成为植物自由疯长的乐土，也让动物世界找到了栖身的乐园……

在绵延十几千米的大峡谷，从普阳到董福再到董浪，依山傍水而居的村民悉数是壮族，唯独彝族同胞却一直坚守在孟梅山之巅，远山星罗棋布的房舍时有炊烟袅袅，据说那是苗族同胞的村落。在南利河大峡谷两岸，有那么多的少数民族共同栖息，足见自然禀赋之丰盈，是多么令人陶醉的景观啊！而且这里的地名也因民族杂居而含混不清，让多少游人捉摸不透，我自称是"少数民族语言通"，到了这里也变成了哑巴，不能准确地翻译出峡谷两岸的地名，以致往返于两岸的几个村寨，一再与村民们核实这些难懂的地名。

普阳瀑布也是南利河大峡谷的一绝，从董福码头上船后，目之所及全是清新的光景。仰望天空，一线蓝天高悬着悠悠的白云，仿佛两岸的山顶搭载着整个蓝天；平视前方，两岸的绿屏倒映在狭长清澈的湖面，好像青山与绿水连成了一体。游船在湖面上缓缓穿行，拉起一条长长的白浪，惊动了平静的湖水，也惊扰了岸边垂钓的渔翁。突然，从绝壁直立的悬崖上洒下柔软的细雨，犹如云蒸霞蔚一般不停地升腾，飘飘洒洒、无声无息地洒落在湖面，如入"不用弓弦花自舞，满地白花泡如棉"的梦幻之境,在阳光的照耀下构成了五彩缤纷的彩虹,把我们的心境与之融为一体,掩不住的愉悦心情总是写在脸上。同行的当地朋友告诉我们,这就是远近闻名的普阳瀑布,落差足有150多米高,如果没有普阳瀑布电站分流出大部分水量,要想经过这段河谷,那肯定会使你像个落汤鸡,浇注的硬是彻底的透心凉。

热带河谷也是一方沃土,在阳光、气候和湿度的作用下,各类作物自由疯长,使大峡谷的景色更加迷人。"朝发白帝彩云间,千里江陵一日还。两岸猿声啼不住,轻舟已过万重山。"正如这首古诗所言,在南利河大峡谷游历,不仅可以观赏到湖里穿梭的鱼虾,领略到跌宕起伏的山峦,欣赏着一路风光一路水,聆听船工娓娓道来的传说,而且还能观赏到攀缘在森林里的猿猴,腾跃在山里林涧的飞鸟……久违的飞禽野兽就近在咫尺。据说栖身在大峡谷里的猴群,如今已繁衍到了几百只,鸟类也有几百种,这些机灵的动物,仿佛知道会有游人给它们赏赐食物似的,时而分散时而集中,时而远离时而走近,追逐着湖面上的游船与游人嬉戏,鸟语悠扬,蝉鸣啾啾,猿声阵阵,回荡在空旷的山野,犹如一曲悦耳动听的交响曲,把你带进悠久的远古,也把你融进大自然的空间,仿佛置身于无人之境!

在狭长的大峡谷中穿行,往返行程为20多千米,需要两个多小时的船程。为我们驾驶游船的船工,是一位陆姓的壮家汉子,他既热情又十分敬业,刚刚下船他就把沏好的茶水,一一端到我们面前,使我们有如游子归家的感觉。同行的朋友按照预先的准备,将200元人民币塞进他的衣兜里,好说歹说把话说了一大筐,可他却死活不肯收下,如此反反复复了好几次,我们也只好作罢。他一把将我拽到旁边,用壮族语言对我说:"大哥,听说你们仨是县里的老领导,拜托你们一件事——请你们回去后写一篇游记,在媒体上宣传这里的旖旎风光,让更多的人知道南利河大峡谷……"

南利河大峡谷之行，本来是几个老同事对大自然的崇尚，是对峡谷风光慕名而相约同行之举。然而，董福村陆姓壮家汉子的一句嘱托，却一直萦绕在我的耳际，他的话语很轻、语意却很沉，于是，返回文山之后，我写下了这些所见所闻，给后人留下一点悬念，权当是抛砖引玉罢了……

2014 年 5 月 27 日于文山

相约普弄瑶山

黄贵方

远方的瑶族山村,说远其实它并不遥远,只是基础设施不完善,出村道路凸凹不平,阻滞了车辆的通达率,人们就觉得它很遥远。不过,瑶族的勤奋是出了名的,只要给他们一方地,就能让它变绿;只要给他们一凼水,就能让它变蓝;只要给他们一片天,就能让它变青。因此,普弄瑶山是一个令人向往的地方。

我虽然出生在底圩这片热土,但天生是浪迹天涯的命,为了生活四处奔波,一直处在"淘生活"的状态,没有回访亲人的谈资,半个世纪过去了,仍然无暇参访那里的亲人。

今天,我终于来了。虽然已是晚秋时节,但却没有一点秋天的凉意,我们装着浓浓的亲情,踏着秋末的余韵,踩着瑶族"盘王节"的韵律,走进广南县底圩乡普弄瑶族村。

从平圩村登上达良河岸的巅峰,来到了巍峨的博汪山主峰(壮语音译,意为最高的主峰),清新的空气带着茶叶的清香扑鼻而来,俯瞰方圆几万平方千米的茶山,茶林遍野,绿色满屏,涌入我的眼帘;极目眺望河谷两岸的田畴,只见山间的村落星罗棋布,满山的茶树与华竹相间,普弄瑶族山村则特别引人注目。村子四周群山环抱,莽莽青山绿树葱茏,澄澈的达良河缓缓地从山脚下流淌,古朴的风雨桥横跨在河面上,给古老的瑶族山村平添了几分秀色。

晚秋时节的博汪山,依旧青竹吐翠,绿影婆娑,古木参天,茶园连片,直抵天际。七十多户人家的普弄村集聚在大山深处,被万顷茶园团团包围，推倒重建的新民居，全是砖混结构的三层楼，布局错落有致，排列鳞次栉比，建筑风格时尚，洋气十足，让人惊叹不已。这一排排、一簇簇的民居，就像绽放在万绿丛中的花，犹如镶嵌在山麓上的画，那是瑶族同胞温馨的家园。

普弄村的历史并不久远，不过也有百余年的沧桑岁月。据说，清朝末年，卢姓人家的先辈，就先期到普弄种植蓝靛。他们看到方圆几万平方千米的山林，加之土地肥沃，雨量充沛，适宜开垦种植，于是，他们就与附近的壮族"打老庚"，建立了友好的睦邻关系，率先在这里定居下来了。之后的漫长岁月里，又有部分亲友前来投靠，先后从滇寨、烟房等地陆续迁入，历经百余年的历史变迁，从1户人家发展到如今的70多户，拥有人口300多人。

据资料显示，普弄村有国土面积2.47平方千米，平均海拔900米，年平均气温18℃，年降水量1160毫米，适宜种植茶叶、八角等农作物。居山靠山，做活"山字经"。普弄瑶家茶叶合作社成立后，理事长卢思忠抓住"三权三证"确权的机遇，组织社员改造和扩建茶叶基地超过2.6平方千米，日生产加工鲜茶叶4000多斤。通过合作社这个平台，实行统一生产、统一销售，提升普弄村的茶叶品质，受到了客商的欢迎。广西横县的茶商闻讯后，立马就与合作社签订了干茶收购订单，合作社的产品有了稳定的销路。富裕了的普弄村，全体村民得到了实惠，自2015年加入合作社以来，不仅从合作社领到股份的红利，社员每年还从合作社分享到养老保险和农村合作医疗。

瑶族是一个古老的民族，是一首悠远的歌谣，也是一个国际化了的世界性民族，具有悠久的历史和灿烂的文化。古歌，坛歌，酒歌，巫歌，情歌，婚姻歌……低沉的歌声彰显着瑶族的历史沧桑，深奥的歌词蕴含着瑶族的文化内涵，一首首变换自如的歌词，是他们倾诉衷肠的载体；一曲曲风格独特的旋律，承载着他们多少喜怒哀乐。

瑶族自古就是多才多艺、能歌善舞的民族，他们用传统的歌舞礼仪迎接远方客人。年逾古稀的老爷爷、老奶奶，依旧用瑶族特有的歌词演绎原生态的古歌，苍凉古朴而低沉浑厚的歌声，正在诉说着瑶家曾经颠沛流离的历史。适逢乡政府举行"盘王节"活动，几十名青年男女，身着亮丽的瑶家服饰，小伙子们有的手抱三弦自弹自唱，有的手执竹笛吹奏着古老的旋律，姑娘们放开歌喉载歌载舞，歌唱今天美好的生活，歌唱未来人生的期盼。

瑶家是好客的民族，米酒是待客的上品，糯米花饭是吉祥的象征，粽粑是长辈对儿女远行的牵盼……长桌宴上，歌声、琴声、笛声不绝于耳，远处不时传来沉重的锣鼓声，几位瑶家少女高举银色的酒杯，给客人敬上自酿的米酒。不习惯山里习俗的小伙子，酒未喝已脸先红！喝吧！还扭捏什么呢？要不要来个高山流水，让我们一醉方休！

壶里乾坤大，杯中日月长。酒是交流思想的媒介，是联系感情的桥梁，体现着民族文化的积淀。"酒搭桥，烟走路"，会友的酒、沟通的烟，酒能使无数前嫌得以释怀，烟可为场景生疏瞬间释然。宾客频频举杯，少妇的歌声不断："迎宾酒歌唱出口，甜在客人心里头，酒不醉人人自醉，醉在瑶家亭堂外，待到残月随风去，一朝酒醒迷归路……"

夜幕笼罩了山寨旖旎的秀色，晚霞牵来了漫天的繁星。在这静谧的瑶山之夜，山麓上几十户人家灯火通明，暗淡了晚秋长天那弯明月，模糊了苍穹密布的繁星。

博汪山下，歌声悠扬；达良河畔，流光溢彩。一幢幢宽敞明亮的楼房，一条条平坦宽阔的通道，汽车来来往往，孩子们嬉戏打闹，不时传来加工茶叶的机器轰鸣声。山村巷道，灯火阑珊，风雨桥头，锣鼓喧天，铜铃叮当，歌舞阵阵。在这迷人的夜色里，我借着楼阁花窗透出的灯光，偷偷地欣赏着瑶家美女刺绣的剪影。

静谧的马路，灯火时明时暗，幽静的河岸，溪水涓涓流淌，谁家阿哥吹奏着竹笛，那悠扬多情的乐声，惊扰了小阿妹的幽梦。汨汨流水，清浅如练，林荫树下，凉风习习，一对对青年男女，卿卿我我，爱意正浓。

　　隐居山里的瑶村，还有许多潜质的思量，延伸向外的山路，更是无数亲人的希望。芳茗一盏话桑梓，醇酒一杯谈未来。夜已静，情未了，人已醉，心不舍，我徜徉在灯火阑珊处，陶醉在浓浓的夜色中。

2017年3月2日于文山

顺甸河畅想

黄贵方

　　顺甸河又称呼勐枯河，位于云南省文山市喜古乡中部，发源于老君山北麓，全长10多千米，流经戈革、以勒冲2个村委会，然后汇入盘龙河，属泸江水系。在顺甸河流域里，有9个自然村，居住着600多户人家，有2600多人在这里生活。

　　顺甸河其实只是一条小溪，整个流域也没有什么奇景，然而，在极目所至的绿屏间，一汪清水从山涧冒出，一条小溪涓涓流淌，水清如蓝，清浅如练，山青如黛，绿叶婆娑，是无数人心中的"世外桃源"，是城里人周末休闲的理想之地，也是世人所向往的"休闲天堂"！

　　是山村的宁静辜负了都市的喧嚣，还是都市的嘈杂抛弃了山野的寂静？或许是或许都不是，或许两者皆兼而有之。不知是由于年龄增长的原因，还是厌倦了喧嚣的尘世，渐渐地也厌倦了人工痕迹的景点，反而对原生态的自然景观情有独钟，喜欢行云流动的山水画卷，喜欢追逐潜移默化的天然痕迹，喜欢观赏沉睡死寂的大自然景观。

　　面向山野，春暖花开；置身农户，萧瑟简朴；远看村落，炊烟袅袅，诗人笔下流淌的诗意，在桃红柳绿中悄然绽放，歌者心中流露的文采，在萧瑟破败中奋笔疾书。唐代诗人杜牧在《村行》中写道："春半南阳西，柔桑过村坞。袅袅垂柳风，点点回塘雨。蓑唱牧牛儿，篱窥蒨裙女。半湿解征衫，主人馈鸡黍。"我们没有诗人那样的情调，也没有诗人那样的雅兴，更没有诗人那样的际遇，但是，我拥有诗人的坦荡情怀。顺甸河畔的田畴，沿河两岸的村落，处处彰显了诗情画意，既是村民们的生活归属，也是都市人的休闲向往。

阳春时节，草木皆新，带上钓竿，陪同友人，驾着一辆老掉牙的汽车，沿着顺甸河逆流而上，徜徉在两岸的绿色画意之中，沐浴着春暖如潮的气息，掀开一幅跌宕起伏的山水画卷！

无意间翻看《诗经》，有一段文字很贴切："蒹葭采采，白露未已。所谓伊人，在水之涘。溯洄从之，道阻且右。溯游从之，宛在水中沚。"天邑是不是天堂，蒹葭是不是野渡？典籍里没有更多的叙述，然而，读书人都知道，天邑是京都，蒹葭是芦苇。我们不稀罕繁华的都市，也不稀罕衣着华丽的绅士，因为，尘世喧嚣郁闷了平静的心境，饕餮餐饮伤及了健康的脾胃，烦扰的世俗容易掀起浮躁与狂妄，我们只求有一处宁静的山野，好让那颗躁动的心归于原有的平静。

从老君山上俯瞰，顺甸河溪水如练，自由自在地流淌在山间，牵动起一串串翡翠的莹绿，孩童们无忧无虑地大呼小叫，奔跑在田园阡陌的空隙里，无拘无束地相拥着，欣喜若狂地追逐着，跟着时起时落的微弱山风，寻找着春天的注脚！

山涧一片绿屏，天边一溜红霞。从天生桥越过暮底河水库，短短几十千米的山路，有曲折迂回的曲径通幽，有柳暗花明的峰回路转，跃过滚柴坡的险峻，踏进光石板的平坦，戈革村外花团锦簇，顺甸河水若隐若现……"明月松间照，清泉石上流"，一方风情一方人，一路山水一路歌，山涧花下蜂来蝶往，似作诗赋词灵动的平仄，既令人怦然心动，也让人柔情万种。

春色诱人醉，溪水留清影！顺甸河清澈透明，山溪水澄澈如带，野外田畴青涩宁静，河谷两岸绿树葱茏，我们畅游在深山河谷里，聆听风摇柳丝的天籁之声，聆听流水淙淙的琴瑟和鸣，聆听蜜蜂戏花的嗡嗡之声，不管是静坐的钓叟还是晚归的学童，谁也不会做这满园春色的匆匆看客，谁也不愿意冷落了这草长莺飞的美好光景。

春天是个不安分的季节，大地从越冬的长睡中苏醒，树梢萌动着发芽的冲动，春风也夹杂着多情的英姿，给大地送来了惬意的暖风。尽管通达顺甸河的路，路面显得有些凹凸不平，但是，我们依旧轰足了油门，汽车在弹石铺就的路上绝尘而去，青山绿水旖旎而过，湿漉的空气幽幽而来，微凉之间已然沁人心脾。

要看到门里的事物，当然要从门里进去，除非这门内家徒四壁。但顺甸河是多姿多彩的，它不是亭台楼阁、小桥流水，也不是森林蔓延、岩石矗立，就算我的这篇费尽苦心的文字，最多也只能算是鸿篇巨制之前的一个引子——一个不起眼的破折号而已。停歇在顺甸河畔，摘一段青绿，抄一段绚烂，我们在不经意间，春的旋律已经破空而来，我心中不由得一颤，朦胧间有如妙龄女郎轻盈而来，轻挥玉指，手拈绿裳，春天成了走不出的童话。

天的蓝，山的青，水的绿，花的艳，一辆印有标识的汽车呼啸而过，过了好长时间我们才反应过来，与我们擦肩而过的是一群摄影爱好者。我们一行索性弃车而行，在百花盛开的山野里，忘情地歇斯底里的呐喊；在曲折蜿蜒的田埂上，肆无忌惮地纵情翻滚；在跌宕起伏的河滩上，忘我地来回穿梭的跃动。那一刻我们忘掉了职位，春天是脚下滋滋吐绿的浅草；那一刻我们忘掉了身份，春天是千里锦缎的黄金；那一刻我们忘掉了性别，春天是不经意间解开的纽扣；那一刻我们忘掉了年龄，春天是孩童追逐季节的奔跑。

"陌上花开春风回，可怜总是无人陪。夜雨淅沥在窗外，挑灯研读金瓶梅。"顺甸河寂静孤独，河岸边的每一个泉眼，涌出的全是琼浆玉液，浇注着边城文山的苍茫大地，滋润着古老城池的几十万苍生。河谷沿岸的一草一木，都赋予了生命的灵性，冬去春来的隐忍与坚守，在季节里复苏、在岁月里沉睡，屏蔽了大地的沧桑。

旷野远处是高高的老君山，溪流下方是古老的盘龙河，山在转、景在变，日新月异，人去山空，不变的是壮乡苗岭的情怀。"去年今日此门中，人面桃花相映红。人面不知何处去，桃花依旧笑春风。"（唐·崔护《题都城南庄》）念叨着深藏于心底的人面桃花，回味着深埋海底的过往年华，青春总是被春的季节无端地唤醒，既突如其来，又悄然而去。突然，想起了几十年前的一条红丝巾，在春天里缱绻裹足不前，谁还记得山外的女孩，为一条红丝巾等待了一个冬天？

我们仿佛突生少年的狂妄，走着走着居然步行了四五千米，那辆外壳斑驳的老爷车，被我们遗忘在河岸的山坡上，眼前是一片野生的樱花，心情早已在万紫千红的山野里放飞。游人不知春何在，只拣儿童多处行。我们与一群晚归学童不期而遇，大家不约而同地奔向渡槽，嬉笑、眺望、呐喊，孩子们不停地向溪水中投掷石块，晶莹剔透的水花四处飞扬，山谷里荡起了阵阵回音，我们像一群雏鸟一样，歪歪斜斜地冲向清浅的小溪！

倾听大自然最深情的吟唱，水是景的灵魂，没有水一切都是乏味的！静观山野里最真实的图景，绿是景的衣装，没有绿世界将变得更苍凉！聆听涓涓的流水声，犹如时间在唱歌，水中漂浮的浮萍，更像一幅精彩纷呈的油画，山涧的溪水就是一季的春天，不得不惊叹大自然的无穷魅力！试想，如若将这情这景拿到国家层面，顺甸河会变成什么样呢？假如当地政府安排一点经费，将这里的居民全部迁出，顺甸河水肯定会更蓝，河谷两岸也肯定会更青！如此，还山水一个原始的宁静，岂止是天下苍生的福祉，也是功在当代、福及子孙的德政工程啊！

遍野吐绿的树木，映入水中的倒影，这就是春天的序曲！"竹外桃花三两枝，春江水暖鸭先知。蒌蒿满地芦芽短，正是河豚欲上时。"（宋·苏轼《惠崇春江晚景》）春的景色春的情调，鸭子在河里优哉游哉地游荡，我们忍不住也停了下来，触摸着山野的静寂与空旷！

　　顺甸河水清又清，河岸的村落竹林掩映，端着水盆的女孩款款走来，乌黑的辫子亮丽而飘逸，在她身后延伸的远景，是一幅望不到尽头的田畴！

2017 年 3 月 10 日于文山

豆沙关怀古

黄贵方

如果不是渝昆高速公路（G85线）通车，即便豆沙古镇的名气再大，我也不可能在短期内得以企及，而只能在文山边关望尘莫及；如果没有文山州庆的长假，妻子也不可能有空陪我同行，在滇东北古镇逗留观光，去体验"五尺道"遗迹的古朴与幽远。

2017年4月1日，既是愚人节，又是文山壮族苗族自治州建州59周年纪念日，我们利用州庆长假的时机，驾车沿着渝昆高速公路，从宜宾市走进了盐津县豆沙关，一路追寻古代僰人的足迹，漫步"五尺道"，触摸石门关，目睹千年悬棺，观赏古今"交通历史"的叠加交错，品读豆沙古镇的人文史诗……

豆沙古镇位于滇川交界的盐津县境内，大自然的鬼斧神工劈就了锁滇扼蜀的雄关天堑，成为四川进入云南的交通要道——秦、汉"五尺道"的隘口。因其对岸壁立千仞的石岩，被关河一劈为二，形成一道巨大的石门，锁住了古代滇川要道，故被称之为"石门关"。

史料显示，秦始皇统一中国后，下令修筑"五尺道"，以便做到"车同轨"。公元前250年，秦国派蜀君太守李冰主持修建从今天宜宾通往昭通的"僰道"，因路宽五尺，史称"五尺道"。汉武帝时，对五尺道进行了续修，至公元前112年完工。"五尺道"经石门关西边的关口岩石上通过，从下到上，几经曲折，向北通往叙府（今宜宾市），往南抵达建宁（今曲靖），是通往缅甸、印度的"蜀身毒道"（古西南丝路）的重要通道。"五尺道"从关河岸边攀岩而上，顺着阶梯到达岩口的地方，古人用石条筑起了一座城堡，这座古城堡就是"石门关"。在冷兵器时代，石门关易守难攻，有"一夫当关，万夫莫开"的功效。

据《盐津县志》记载：石门关始建于隋朝，西汉建元六年（公元135年），武帝准唐蒙上书，命其续修"五尺道"，自僰道（今宜宾）经石门至建宁（今曲靖）。古代的石门关，有两扇厚1.2尺的木门，门一关闭，门杠一顶，中原和云南边疆就被隔绝了。唐朝天宝年间（公元742年~756年）战争爆发，南诏叛唐以后，石门关曾一度关闭，时间长达40余年，直至唐德宗贞元十年（公元794年）六月，袁滋受命赴南诏去册封异牟寻，石门关才重新打开。

所谓"五尺道"，在《蛮书》中有如下记载："石门东崖石壁，直上万仞；下临朱提江流，又下入地数百尺，唯闻水声，人不可到，西崖亦是石壁，傍崖亦有阁路，横阔一步，斜亘三十余里。半壁架空，欹危虚险。"笔者见文生意，可见其险无比。重新修复的石门城堡，拱门上"石门关"三字，出自全国人大原副委员长、著名书法家楚图南之手，极拙朴耐品，其意味绵长。

现在残存的"五尺道"遗迹，全长约350多米，一级一级的青石台阶凹凸不平，上面留有240多个深深的马蹄印。"五尺道"历经风雨剥蚀、人踩马踏，台阶七凸八凹，古色苍然。经过2400多年的沧桑岁月，如今坚硬的石阶路面依然乌里发亮，令人惊诧的是那些深深浅浅的马蹄印迹，在拐弯及险要处的印迹最深，有的深度竟达十多厘米。豆沙古镇，自古以来就是云南省出滇入川、连接中原的重要通道，素有"滇川门户"之称，古代的"五尺道"，承担了川滇商贸文化往来交融的重任，川滇两地的马帮载着布匹、食盐、大米、山货、药材、茶叶、银、铜等物资，络绎不绝地往返于这条古道上，马蹄声、吆喝声不绝于耳；中原文化、荆楚文化、巴蜀文化、僰人文化和古滇文化在这里交会融合，形成独具特色、独领风骚的"三川半"文化，衍生出了朱提文化。

悠远的古道，承载了军事、商贸、文化的历史积淀，虽然已经完成了它的历史使命。然而，作为历史的守望者，它见证了渝昆高速公路从头顶穿山过峡而去，也经历了内昆铁路在脚下依崖穿行往复，是古朴文化与现代文明的碰撞，是栈道与铁路、公路的相约对接，如同五线谱镶嵌于万仞断壁，使石门关形成了更加壮丽的奇观。

与"五尺道"同样称奇的，还有悬挂在关河南岸悬崖绝壁上的石缝中的9具僰人棺木。这是古人留下的千古之谜，也是僰人创造的文化杰作。置身于《唐袁滋题记摩崖》碑亭前，用肉眼穿过宽约二三百米的峡谷，就可以看到壁立千仞的石壁，石壁高达六七百米、宽约两千多米，灰黄色的石壁气势雄伟，镶嵌在石壁中部呈"一"字形的一条斜缝十分扎眼，仿佛是平滑的肌体上残留的一道伤疤。悬崖绝壁上的石缝距离河面高约150余米，距离悬崖顶端也约有300余米，在如此险峻的天然绝壁斜缝里，居然有棺木存放在里面，不能不令人惊叹历史的神奇。据媒体披露，经专家研究表明，储存在石缝中的棺木，是汉代僰人的悬棺。我们很难想象，几千年前的汉代，在没有现代机械设备的情况下，僰人是如何将棺木放置在上下都有几百米距离的绝壁上的，这不仅让我们感到不可思议，更是人类历史的千古之谜！

僰人的历史也很悠久，可追溯到夏商时期。那时候这里还没有人烟，中原的战火风起云涌，胜者建立政权拓土扩疆，败者遁入深山移居僻野。到了周朝之后，僰人已经发展为一个民族，他们参加周武王伐纣有功，其首领在四川宜宾建立了僰侯国。明朝建立之后，汉族统治者与僰族发生了矛盾，为保护僰人自己的利益，他们与明王朝发生了十余场战争，致使民族内部元气大伤，此后消失于民族的历史长河之中。唯一留存下来，并让后人对僰人产生想象和了解的，就只有石缝中久经风雨的悬棺了。

僰人是一个充满传奇色彩的民族。据资料记载，僰人是夏朝的移民，商朝的战俘，属游牧民族。僰人秉性刚直、暴烈强悍，为历代王朝所不容，曾多次被朝廷征讨。僰人的消失有多种说法。说法之一，是僰人已经被杀绝。说法之二，是僰人被泯灭在其他民族之中。说法之三，是僰人逃往云南、贵州。如今，不仅僰人悬棺成为千古之谜，而且僰人的去向也成为探寻历史之谜。不管哪种说法立得住脚，僰人已经从人类历史长河中，消失了500多年的时间，在这个断层中也没有被人所关注。悬挂在石门关峭壁上的悬棺，既给世人留下无限的猜想，也给史学家们留下了难解之谜。

我是一名业余文学作者，"探寻千古僰人之谜"，既不具备应有的专业知识，也不是我写作本文所涉足的范畴。然而，文人自古多忧虑，站在读书人的角度，还是介绍我所知道的僰人。作为彝族的一个支系，僰人移居到丘北县境内的具体时间，至今专家还没有确切的定论，但是，国家在民族识别工作的过程中，于1956年将僰人划归到彝族白彝支系。在丘北境内生活的僰人，对自己的来历也一直有这样的叙述："为躲避战乱，我们的祖先从'江外'渡江逃到这里。每当婴儿出生时，都要放到冷水里让他们过一次'江'，以纪念祖先逃难的历史。"经文山州民族宗教事务委员会调查，居住在丘北县的僰人，主要分布于官寨、舍得、腻脚、双龙营、曰者、树皮6个乡（镇）21个村民委44个自然村，其中纯僰人居住的村寨有19个，占43.2%，与其他民族杂居的僰人村寨有25个，占56.8%。据2008年8月统计，全县僰人聚居区共有居民2700多户12370多人，占全县总人口的2.7%。由此我们可以肯定，古僰人的消失应该归结为两种结论：一是一部分在当地与其他民族融合；二是少部分移居云南、贵州等偏僻山区。2005年以来，当地政府专门安排扶持资金，对僰人的居住环境、生活条件进行了改造，组织他们参加实用技术培训，引导他们走科学种植养殖的发展之路。

豆沙关地处五尺道咽喉位置，城堡上的石门题刻，仍然沿用古时的"石门关"三字，这是通往古南滇的第一关，关内为中原地界，关外则为蛮夷之地。远古时代，每逢将士出征，家人便会守候在石门关，翘望着亲人的归来，石门关被人们称为"情关"。相传，盐津县普洱一代出美女，清代曾先后7次有美女被选入宫，故而，石门关又被誉为"美人关"。在当地至今还流传着一句话：不到石门非好汉，英雄要过豆沙关。

那么，"石门关"改称为"豆沙关"，是历史的误读还是人为的因素呢？我们在豆沙古镇逗留时，也求教了当地的几位老者，他们对"豆沙关"的史实了如指掌。一位罗姓退休教师已80多岁高龄，一谈及古老的话题就滔滔不绝，许多传说尽在笑谈中。他对"豆沙关"地名的来历，也一下子就说出了两个不同的版本。

据说，最古老的典故来自于蜀汉丞相诸葛亮，他率军南征经过这里，在石门关下安营扎寨。守军将领说："丞相南征，一路所向披靡，势如破竹，我等也不敢不让丞相通过。久闻丞相大智大慧，现略备难题请丞相解决。丞相若能在三天之内，将关河边上堆积在河沙中的豌豆拣出来，小将定让大军通行，并备薄酒致谢。"诸葛亮带人到河边一看，呵！河滩上的河沙一堆连着一堆，每堆河沙里都均匀地掺杂着豌豆。这可麻烦了，让士兵们用手一颗一颗地拣，别说三天七天，就是十天半月也不可能拣完啊！诸葛亮陷入了沉思，中军帐内背着手踱来踱去，始终没想出办法来。天快黑了，诸葛亮步出军营，看到山地里漫山遍野的翠竹，不禁眼前一亮，有了！他传令三军，打着火把，砍竹子，划篾条，编织成网状，然后分离河沙和豌豆。天刚蒙蒙亮，守军将领爬上城堡，一边打着呵欠，一边往河滩望去。不望则已，一望全呆了，旭日照耀着河滩，金黄的是豌豆，灰暗的是河沙，已经被全拣出来了，仅仅用了一个晚上！守军再也不敢怠慢，蜀军顺利地通过了石门关，守关将士对诸葛亮肃立致敬。为了表示对诸葛丞相大智大慧的崇敬，人们把石门关称为"豆沙关"，那个能够分离"豌豆"与"河沙"的"网状物"，就演变成了人们生活中的竹筛子。

另一个有关"豆沙关"的传说，则把故事拉到了元朝。说的是朝廷派遣将领窦勺来镇守石门关，因为他忠于职守、纪律严明、爱兵如子、厚待民众，一守就是几十年，人们竟然忘记了"石门关"这个名，只记得"窦勺关"这个名字了，于是，人们就用窦勺关取而代之，把石门关称之为"窦勺关"，而"窦勺"与当地方言的"豆沙"谐音，"豆沙关"就被沿用下来了。

当然，传说是一种口碑文化，是民间文学的载体，没有依据可以考证，不足以让世人所信服。然而，在人类漫长的历史长河中，随时都处在瞬息万变之中，不变是暂时的，变化是永恒的，我们对待历史的变迁，一定要有科学的历史观，保持一种平常的心态，切忌死抠硬碰去钻牛角尖，进而让自己走进了死胡同。

史料记载，唐代天宝年间（公元742年~756年），唐王朝对南诏发动过两次战争，都以失败而告终。南诏乘机联合吐蕃，加紧开疆拓土、统一云南地区的步伐。如此一来，双方在军事和经济上都难以支撑，代价十分惨重。南诏遂与吐蕃发生矛盾，将其势力逐至金沙江以北，同时派出使者赶到成都说和，要求归附朝廷。唐王朝因此十分重视，授命御史中丞袁滋赴云南册封南诏国王，双方关系方才修好。

《盐津县志》记载，唐德宗贞元十年（公元794年）六月，御史中丞袁滋奉命由京城长安出发，赴滇册封异牟寻为南诏王。袁滋到成都后沿五尺道前行，同年九月途经石门关，在关口巨石悬岩上，将入云南册封异牟寻为南诏王的重大历史事件题记一番，至今已有1200多年。《唐袁滋题记摩崖》全文仅120余字，且石刻面积小，字迹也小，甚至模糊，要仔细辨认才可弄清，但文物价值大，是国家级重点保护文物，具有"维国家之统，定疆域之界，鉴民族之睦，补唐书之缺，证在籍之误，增袁书之迹"的历史作用，是袁滋赴南诏途经石门关时有感而发的杰作。1988年1月13日，经中华人民共和国国务院批准，《唐袁滋题记摩崖》被列为国家级重点文物。

豆沙古镇，地处四川盆地向云贵高原过渡的起伏地带，乌蒙山脉关河（朱提江）深谷的中段，自古以来就是中原入滇的要隘之地。2006年7月22日，豆沙镇曾经发生过一次强烈地震，导致古镇老街80%的房屋倒塌，重新翻修的老街改名为古镇一街，按照一街整体布局和风格，又复制修建了古镇二街。震后重建的豆沙古镇，统一规划为二层小楼、白墙、灰瓦，还有悬挂在瓦檐下的一排排醒目的红灯笼，每一个细节都散发着豆沙古镇独特的魅力。

豆沙古镇，不仅历史十分悠久，文化底蕴也很深厚，居民不仅善于经商，也十分崇尚文化。我们入住的老马店客栈，罗姓店主虽然很年轻，但他收藏的3块匾额，均为明清时期的文物，其中"进士"匾为清朝皇帝题写，有较高的收藏价值。豆沙古镇，旅游资源丰富，境内有五尺道、石门关、唐袁滋题记摩崖、古城堡、僰人悬棺等历史、文化古迹和观音阁、三官楼、僰人回音、天外飞泉、老君祝福等自然、人文景观，拥有国家级重点文物保护单位、省级历史文化名镇、省级风景名胜区、省级特色旅游城镇、省级爱国主义教育基地等多种名片。

区位突出,地形特殊,先秦的僰道、秦朝的五尺道、汉代的南夷道、隋唐的石门道、南方丝绸古路,一起在这里交叉重叠;古老的关河水路、秦开五尺古道和现代的滇川公路、内昆铁路、水麻高速公路在这里交集并行,构成了独特的交通奇观,被称为天然的"中国交通历史博物馆"。

　　豆沙古镇,滇川要口,是探秘寻古、旅游观光的极地,更是滇东北一颗璀璨的明珠。

2017 年 4 月 18 日于文山

谒遵义会议会址

黄贵方

读小学的时候，受《遵义会议放光芒》一文的影响，对遵义就有了强烈的向往。但是，一个农家子弟，身居穷乡僻壤，加之交通闭塞，资费拮据，哪有亲临其境的机会。走上社会后，虽然谋得一份体面的差事，可依旧没有走出偏远的山区，一直不敢有过一睹遵义会址尊容的奢念。

当我已经走完一轮"花甲"时，恰逢文山壮族苗族自治州建州59周年纪念日，有了长达11天的长假，妻子才从烦琐的事务中解脱出来。于是，我们一起规划了一次"红色之旅"的线路，最终得以拜谒遵义会议会址，了却了我们几十年的心愿。

2017年4月4日，正值一年一度的清明节，我们怀着无比崇敬的心情，从边关文山驱车数百千米，走进了这座庄严肃穆的场馆，拜谒遵义会议纪念馆，聆听着讲解员的详尽解说。

在贵州省遵义市老城子尹路，古香古色的中式建筑一字排开，我们从槐树掩映的侧门，走进了遵义会议会址，呈现在眼前的是一个不到30平方米的客厅。就是在这间原国民党黔军25军第2师师长柏辉章的会客室里，一个影响了中国革命走向的历史性会议做出了历史性决议。

这是一座坐北朝南的二层砖木楼房。会议室在会址二层，呈长方形，面积27平方米，室内陈设基本复制了当年开会时的原貌。屋子正中的顶壁上悬挂着一盏荷叶边盖的洋油灯，屋子的东壁设置了一只挂钟和两个壁柜，西壁是一排玻璃窗，屋子中央陈列着一张板栗色的长方桌，四周围着一圈折叠靠背椅，共20把，为出席遵义会议的人员所坐，长方桌下有一个烧木炭的火盆。

行随心生，伴随着沉重的心情，脚步也渐渐地沉重起来，我用极大的想象空间，回放着那艰苦卓绝的岁月，仿佛几十年前那次决定中国革命前途的重要会议，才刚刚拉下帷幕。

在遵义会议纪念馆门前的大门正上方，挂着一块黑漆金匾，"遵义会议会址"6个大字，金光闪闪、俊俏飘逸、豪放酣畅。讲解员说："纪念馆玻璃柜里面的题字，是1964年毛泽东主席在北京题写的，这是毛泽东主席为革命纪念馆唯一的一幅题字，可见这幅题字之珍贵。遵义会议会址的门匾，被誉为'中华第一匾'，毛泽东为遵义会议会址题字的原件，如今，仍然保存在北京中央档案馆……"

正如本文开头所说的，遵义会议的历史，我们很早就已经从课本和艺术作品中熟悉，然而，要亲身到实地寻访，目睹先辈留下的遗物，追寻那波澜壮阔的战争岁月，仍然让我感到强烈的震撼。

1934年11月27日至12月1日，中央红军苦战五昼夜，从广西全州、兴安间抢渡湘江，突破了国民党军的第四道封锁线的战役，是中央红军突围以来最壮烈、最关键的一战，我军与优势之敌苦战，撕开了敌人重兵设防的重重封锁，粉碎了蒋介石围歼红军于湘江以东的企图。然而，湘江战役，红军虽然突破了第四道封锁线，但付出了巨大的代价。五军团和在长征前夕成立的少共国际师损失过半，八军团损失更为惨重，34师被敌人重重包围，全体将士浴血奋战，直到弹尽粮绝，绝大部分壮烈牺牲。渡过湘江后，中央红军和军委两纵队，已由出发时的8.6万人锐减到3万人。

湘江两岸，野渡萧瑟，硝烟未尽，悲壮惨烈。滔滔江水，泛起殷红的血光，茫茫江岸，横列着累累的英烈尸骨。朱德脱下军帽，沉重地发誓:"苍天在上,湘江为证,我朱德将永志民众英魂,不负万千先烈,毕其一生为人民利益奋斗不止,忘记了这一点,就不是真正的共产党人!"

1935年1月15日至17日,在遵义老城子尹路的一幢二层小楼里,中共中央召开了政治局扩大会议。这次会议是在红军第五次反"围剿"失败和长征初期严重受挫的情况下,为了纠正王明"左"倾领导在军事指挥上的错误,挽救红军和中国革命的危机而召开的。出席会议的有中央政治局委员博古、毛泽东、周恩来、朱德、张闻天、陈云,政治局候补委员王稼祥、刘少奇、邓发、凯丰(何克全)。扩大会参加者还有红军总部和各军团主要负责人刘伯承、李富春、林彪、聂荣臻、彭德怀、杨尚昆、李卓然。列席的有中央秘书长邓小平,共产国际代表李德及翻译伍修权。

会议开始,由博古作了关于第五次反"围剿"的总结报告,周恩来接着作了副报告。毛泽东作了长篇发言,对博古、李德在军事指挥上的错误,进行了切中要害的分析和批评,阐述了中国革命战争的战略战术问题和此后在军事上应该采取的方针。一石激起千层浪,毛泽东的分析发言,得到了张闻天、王稼祥等多数参会者的认同,会议还通过了多项会议,并决定增选毛泽东为中央政治局常委,取消了博古、李德的最高军事指挥权,决定仍由中央军委主要负责人周恩来、朱德指挥军事。随后,根据会议精神,由张闻天代替博古负总责,毛泽东、周恩来负责军事。在行军途中,又成立了由毛泽东、周恩来、王稼祥组成的三人军事指挥小组,统一指挥红军的行动。

遵义会议明确指出,红军第五次反"围剿"的失败以及退出苏区后遭到的严重损失,其主要原因是博古和李德在军事指挥上犯了一系列严重错误,肯定了毛泽东等关于红军作战的基本原则,从而对党内在军事问题上的一场争论作了明确的结论。遵义会议要求红军指战员,必须灵活运用这些原则，迅速完成从阵地战到运动战的转变。会议鉴于当时党内一些同志对王明"左"倾冒险主义，在政治上的错误尚未清醒地认识，对党的六届四中全会以来的政治路线问题没有更多的涉及，从而保证了党的团结和统一。

长征出发前，中央最高"三人团"决定：中央政治局成员一律分散到各军团去。毛泽东从政治局常委张闻天那里得到消息后便提出请求，他要同张闻天、王稼祥一路同行。

其时，毛泽东因经受了几个月疟疾的折磨，差点丢掉了性命，加上受到排挤后心情不好，对红军的前途忧心忡忡，身体非常虚弱。因此，过了于都河以后，他不得不坐上了担架。凑巧的是，王稼祥因在第四次反"围剿"斗争中遭到敌机轰炸，右腹部伤势十分严重。长征一开始，他就坐在了担架上。

在毛泽东看来，转移途中如能与这两个人结伴同行，便可借机向他们宣传自己的思想和主张；若能得到他们二人的支持，对于推行正确路线，扭转当时红军面临的极为严峻的局势，有着不可估量的作用。

据陈列的史料显示，遵义会议精神传达到各军团、师、连队时，很多将士都激动得流下了眼泪。时任红三军团政治部代主任罗荣桓，在听取遵义会议精神传达时，两只眼睛都湿润了，他一面听一面摘下眼镜用衣襟缓缓地擦着。朱德曾为遵义会议赋诗一首："群龙得首自腾翔，路线精通走一行。左右偏差能纠正，天空无限任飞扬。"

在那个风雨如晦、天寒地冻的日子里，一群衣衫破旧的中国共产党骨干分子，冲破重重阻力，终于第一次独立自主地运用马列主义基本原理解决自己的问题，这需要多么巨大的理论勇气和政治智慧啊！诚如遵义会议纪念馆馆长陈松说的："历史实践已经证明，遵义会议是中国共产党历史上一笔重要的精神财富，随着时间的推移，必将越来越显示其伟大历史意义。"

我们之所以说遵义会议，是中国革命的历史性伟大转折，就在于它"言前人所未言"，也在于它"行前人所未行"。遵义会议结束了王明"左"倾冒险主义在党中央的统治，开始确立了以毛泽东为代表的新的党中央的正确领导，从而在极端危急的关头，挽救了红军，挽救了党，挽救了中国革命。所以，我们说遵义会议是中国共产党独立自主地运用马列主义原理，解决中国革命问题的一次极为重要的会议，是中国共产党历史上一个生死攸关的转折点，是中国共产党从幼年的党走上成熟的党的重要标志！

写到这里，我突然想起了一段话：一个湖南湘音的几声呐喊，激起了会场上氛围的沉寂，真理与谬误的舌战之争，定格了一个不可争辩的航点，与会者沉默许久的心声，终于在一个古老的房间得到了释放，再次证明了正确实践与空洞理论的是非，为一个指点江山的三人班子的搭建，弹出了一个坚不可摧的前奏，一个完整基点的积淀，为前行的追随者绘出正确的引领……

在中国革命历史的画册上，从此多了几幕生动的画面。同时，也在地图上圈成了一个凝固的板块，几经鏖战的敌我对决，最终在一个定点完成了圆弧的画法，从此便有了改革开放、一带一路、和谐社会的诞生，正确的思想与理论的不断指引，实现了十多亿中华儿女的梦想，以此为圆心完成了希望与渴求的完美诠释！

2017 年 4 月 20 日于文山

品读小七孔的景

黄贵方

到荔波小七孔景区探秘，一直是萦绕在脑海里的心结，这次应友人之邀，陪同家人直抵荔波县，尽管在景区滞留的时间短，总有来去匆匆的感觉，但还是被这里的自然景色所迷住，每到一个景点都留下了难忘的印象。

荔波县小七孔风景区，因响水河上横跨着一座清道光十五年（1835年）所建的七孔拱桥而得名。景区位于县城南部的群峰之中，属亚热带季风性湿润气候，为茂兰喀斯特森林自然保护区的一部分，距大七孔景区5千米，景区全长18千米，面积约10平方千米，拥有百余个游览景点，集山、水、林、洞、湖、瀑为一体的原始奇景，著名景点有鸳鸯湖、天钟洞、水上森林、瑶寨等。1988年被列为国家级自然保护区，现为AAAA级自然风景区，特有的奇、俊、秀、古、雄等自然美，加之饱含浓郁的布依族、水族、苗族、瑶族等民族风情，每年吸引近百万中外游客前来观光。

荔波无愧于旅游大县的名号，风光旖旎，景色绚丽，自然禀赋富集，风景延绵不断。荔波县毗邻广西环江、南丹等县，正好处在桂林—贵阳—昆明的三角旅游空白区内，境内拥有国家级樟江风景名胜区、世界人与生物圈网络保护区、国家级自然保护区。

樟江风景名胜区，由小七孔景区、大七孔景区、水春河景区和樟江风光带组成，它以喀斯特地貌上樟江水系的水景为特色，又以浩瀚苍茫的喀斯特森林景观为主体，景区内峰峦叠嶂，溪流纵横，景物景观动静相间,刚柔并济,有奇、幽、俊、秀、古、野、险、雄的自然美,总面积273.1平方千米。

此外,荔波是中共一大代表邓恩铭烈士的故乡,有张云逸、邓小平领导的红七军活动旧址及古井、古墓群等历史遗迹。

小七孔景区是景中之景,是整个风景区的精品,融山、水、林、洞、湖泊、瀑布为一体,柔美恬静的涵碧潭、飞流狂泻的拉雅瀑布、潭瀑交错的六十八级瀑布、盘根错节的龟背山、林溪穿插的水上森林、密林镶嵌的鸳鸯湖、悠蓝深邃的卧龙潭,妩媚迷人的响水河贯穿了整个风景区,它静如娴花照水,动似蛟龙出海。

鸳鸯湖是小七孔的奇景,湖水如油,碧绿凝重。因湖中有两棵并排参天的大树而得名,这两棵大树半截在水中,枝叶则在上方交握,雌树纤巧秀丽,雄树则雄壮挺拔。湖面幽静,水道四通八达,不小心还会迷路,不过湖中经常会有领路的船只穿行,一旦迷路只需静待救援即可。湖的四周由各种颜色的植物组成,密密麻麻地包了好几层,绿色当中还掺杂着红色、粉色的花朵,在阳光下美丽而温暖,在湖中荡舟有一种与世隔绝的感觉。

天钟洞位于汤粑石林的半坡上,洞长约700多米,洞厅高大,廊道迂回,钙化堆积物不算很发育,但形态生动逼真,且洞内道路平坦,可观性强。洞内钟乳石多酷肖动物,有鳄鱼厅、金鸡厅、百兽厅和犀牛厅等。洞中有一钟乳如铜钟倒扣于地,钟身遍布细石乳,宛似蝌蚪文。人们称之为兽界的"法律条文",故名"天钟洞"。

野猪林是一片典型的喀斯特漏斗森林。从漏斗的底部到庭边的山沿,密布着重重叠叠的丛林,漏斗底部的几百亩翠竹杂生在树丛中,整个漏斗像一个绿色的旋涡,漂旋在林海之上。漏斗底部的小沟两岸,树木全部往沟中心倾斜,成为令人费解的秘密。更为奇绝的是,所有的树木全身披满絮状松萝,远望如浑身绒毛的野人,亲身来到林间探秘，犹如回到远古的时代。因昔日常有野猪奔突林间，寻觅竹笋根为食，野猪林之名由是得之。

瀑布是小七孔景区的特色，也是景区生生不息的灵气，不仅有"飞流直下三千丈"奇观，也有"倾泻半尺返回流"的景致，瀑布高低不一，却又各自成景，连则成群，分则独景，汇入谷底，蔚为壮观。观看六十八级叠水瀑布，非得深入涵碧潭上游的狭窄山谷里，那里层层叠叠的瀑布，淙淙哗哗倾泻而下，或倾珠撒玉，推雪拥云，或如匹练飘逸，似银河泻地，形态各异，气象万千，构成风情万种的动态水景，令游客目不暇接。沿河谷畔的梯级瀑布而上，但见高山流水、绿树红花，但闻泉鸣瀑响、鸟啾虫吟，使我油然想起伯牙、子期的知音逸事，更觉眼前诗意盎然，美不胜收，难怪被文人墨客冠以"知音谷"的雅号。拉雅瀑布距小七孔桥百余米，瀑宽 10 米，落差 30 米，瀑势汹涌，如排山倒海，似雷鸣怒吼，颇为壮观，令人扼腕。瀑布腾空喷泻，横向坠落，瀑在路侧，人行瀑下，如穿水帘，倍觉酣畅而亲切。瀑布溅喷的水雾，飘飘洒洒，纷纷扬扬，给游人扑面的凉爽、美的享受，又有一洗征尘的舒畅，顿觉轻松而振奋。

龟背山原始森林，因漫山遍野生着无数龟背竹而得名。岩石峥嵘，怪石嶙峋，古木参天，藤萝缠绕。龟背山有三绝：一绝是林中的古藤缠绕，恰似人工搓绞的麻绳，殊为奇特；二绝是山林上端入口处有碗口粗的一条树根，沿路伸延长达数十米，如游动的巨蟒，令人咋舌；三绝是林中有一块巨石悬空而出，三根石柱苦苦支撑着巨石，令人惊叹的是，在这块悬空的巨石上，竟长着一棵十几米高的国家二级保护植物——榉树，大树枝叶茂盛，婆婆娑娑，葱葱郁郁，令人不禁称奇！

景观多而不重复，景色美而不雕琢。刚刚觉得有点疲惫，却又顺着灵动的流水，走进了水上森林，这片水上森林景观，分上下两段，全长 600 多米。河床上丛生着茂密的乔木，流水与灌木的交融，形成一道翡翠屏障，清澈的流水从树林中顺流而下，年复一年，日复一日的冲刷，河床上的泥沙已被冲洗得一干二净，连磐石也被激流磨光了棱角。然而，自然的力量是不可想象的，树木却依旧扎根在河床里，任凭流水冲刷而纹丝不动，任凭风吹日晒而四季常青，形成了"水在石上淌，树在水中长"的奇景。

步行到卧龙河生态长廊，只见"长廊"蜿蜒伸向林间，整个"长廊"全长 3.5 千米，若是体力不支，可乘橡皮舟顺水缓缓漂游而下，两岸是葱茏秀丽的喀斯特原始植被，幽静的河水，时而有鱼儿跃起，时而显露秀美的岛屿，犹如精巧的天然盆景。卧龙河的出口处有卧龙潭，暗河从崖底涌出，潭面上不见水源的踪影，只有坝上雪崩似的滚水瀑布，潭外流淌不息的渠水。潭边怪石奇树林立，古木森森；潭外水声轰鸣，雾雨蒙蒙，四周高山紧锁，水潭犹如无底深渊，据说即便是地面发起洪水，潭面也犹如镜子一般的平静。

走进瑶族山寨，领略古老民族的古风。景区里的瑶寨，居住的两片瑶和白裤瑶，属瑶族大家庭中的布努支系，其称谓因他们的男性穿着白裤服饰而得名。瑶族是一个善于合作的民族，在瑶寨徒步行走，可以看到妇女集体作业，围在一起纺纱织布的场景。要是赶上赶集日，还可以目睹男人共同屠宰牲畜的场面，他们把宰杀的牛按"五脏""六腑"割开分块，摆在自己的地摊上出售，牛血被制成一盆盆的"血豆腐"，当地人用开水一煮便是一道下酒的美味佳肴。

瑶寨的房屋都是"空中楼阁"，在离地面一米多高的半空搭建，房屋底下便成了小孩子们乘凉玩耍的地方。据黔南州的朋友介绍，近几年来当地政府投入大量扶持资金，不仅改造了居住环境，还修通并硬化了道路，同时，爱心人士还在瑶寨捐资助学，修建了希望小学，瑶族后生足不出村，即可在几净窗明的教室里读书了。但是，瑶族是个古老的民族，其语言及人文风俗，被一代又一代地传承下来，形成了固有的风俗习惯。虽然外地旅人越来越多，媒体不断地传来外面世界的消息，但瑶寨的生活习惯却没有人们预期的改变，让从城市里的人们倍感新奇，有一种恍若隔世的感觉。

"多彩贵州"这句形象用语，的确道出了贵州的内涵，彰显了其人文山水的绚丽多姿。虽然我已先后 4 次到访贵州，但仍然没有走完贵州的十大景区，也许留下一些遗憾也是一种选择吧。尤其是在黔南州境内，不仅有多姿多彩的民族文化，而且，喀斯特地貌形成的自然遗产，也让这里留下了丰厚的财富，每一处景观都会让你意犹未尽，有着自己的独特魅力。

2017 年 4 月 22 日于文山

"夏"雪

黄贵方

日历翻到了丁酉年，闰年的月份在六月，这一年的天象有点怪。"夏"雪在北方是常见的，一点都不足为奇。但是，南方"夏"雪就罕见了。今年夏天也不知怎么的，五月天的夏季里，应该是炎热潮湿的时节，云南居然有好几个地方飘起了"夏"雪。

于是，坊间流行这样一句话："冻死在冬天死得其所，冻死在秋天心有不甘，冻死在春天纯属意外，冻死在夏天死不瞑目！"云南地处低纬度的高原，昆明因四季如春而被誉为"春城"，冬春季节有雪是常见的，但是，已经到了五黄六月了，天气还这么冷就奇了，大家一定要熬过去啊，一定要坚持顶住夏天的雪！

如今再看天象，依然是"日照香炉生紫烟，五黄六月是冷天，找出棉袄全捂上，兴许还能活几天"。哈哈，顺口溜反映的是现象，不会是真正的本质，不过，寂寞的天，伤心的雨，彻骨的雪，我要悄悄告诉你，明天后天还是雨！

"今天，你起床有困症了吗？今天，你穿羽绒服出门了吗？"朋友圈里不断有人质疑，质疑五月是不是夏天！奇了怪了，夏季节令已经过了，明明是五月天的夏季啊！生活在南疆的云南人，没有一点点防备，没有一点点顾虑，整个云南的天气就突然降温了，一降就降到了0℃，出现在我们眼前的，居然是满树银花，让所有的人都无所适从。

记得前两天，我们都还穿着短袖T恤衫，满街游动的女性都是薄衣短裙、花枝招展、露腿裸臂，今天却穿着羽绒服还在打哆嗦，原以为只是周边州市下冰雹呢，殊不知却从昆明等地传来消息："昆明五月天'夏'雪了！全世界都惊呆了！"没错，在这个五月飞雪的季节，什么样的事情都可能发生。无论是清晨上班，抑或是夜幕归期，高达16℃的温差，足以让你瞬间冻成僵尸，农田里的秧苗，也经不起速冻而坏死，农民在默默地哭泣……

在中国，人们都说云南四季如春，可如今却只有冬夏，找不到春秋了。冬天下雪，夏天也下雪，到底是发生了什么？5月15日晚上，居住在昆明的市民迎来了降雨，还夹杂着冷飕飕的寒风。朋友就打来电话说，轿子雪山的大黑箐，已经迎来了罕见的"夏"雪了！奇怪了，轿子雪山是一座季节性雪山，最高海拔4220多米，一般只有冬春两个季节，山顶上才会有积雪的。五月的轿子雪山，是杜鹃花盛开的时节，沉睡了一个冬天的杜鹃花，等待夏天的到来才张开了眼睛，自由自在而疯一般地开放，开得鲜艳诱人，艳得让人陶醉，如若身居其境，会让人情不自禁而心生欢喜。

然而，熬过了寒冬，走过了春季，却冻死在夏天，今年这鲜艳的杜鹃花，是不是比窦娥还冤呢？真没有想到，这自然会如此突变，在夏天里收获的却是属于冬天的浪漫！世界变了，季节也变了，还是彩云之南吗？还是春城吗？还是夏天吗？都说四季如春，却迎来四季穿越，冷热交替。

一夜之间变季的何止是昆明，大理、丽江也是紧随其后。大理的同学发来了满屏的微信，他说：一觉醒来，苍山已被大雪覆盖了，苍山不墨千秋画，洱海无弦万古琴。大理真的很任性，头天还是烈日当空，一夜风雨过后，就从夏天直接穿越到了冬天！

"上关花，下关风，下关风吹上关花；苍山雪，洱海月，洱海月照苍山雪。"这副楹联不知读了多少遍，一直不能领悟它的真谛，终于在今年这个夏天里，一场"夏"雪就把它读懂了！

夏日里的丽江冰雪奇缘，九孔桥上雪落飘飘，遥望玉龙雪山，翠玉封梅萼，青盐压树梢，一片白雪皑皑的景象。想象中的丽江，肯定是冰封湖面、寒风彻骨了，好在现在的取暖方式众多，才没有过多地担忧生活在那里的友人！

五月天的香格里拉，漫山的杜鹃花争相斗艳，夜里长空纷纷落雪。本该属于冬天的雪，偏偏在五月与夏天牵手，一季雪花与满山遍野的花朵结伴，一起去谱写着自然的美景，使香格里拉一夜回到冻人的寒冬。漫游于雪的世界，经历着突然降温的天气，心已回暖、情海凄凉、孤独远离。采几束雪花，温和这绵薄的冰格。掌心在流逝，飞扬的思绪，如同雪花凝成了我的思念。

"夏"雪的到来，究竟是夏天的追求，还是冬天的遗弃？究竟是自然的多情，还是人为的因素？好一个彩云之南，争奇斗艳的杜鹃花，披上一层薄薄的银沙，羞羞答答，若隐若现，呈现在这茫茫的雪海之中。

2017 年 5 月 17 日于文山

感受香格里拉

黄贵方

邻居是来自香格里拉的藏族同胞,他在边关服兵役时,就把自己也"嫁"给了文山的女孩,转业到地方后和我们成了好邻居。每到冬天的晚上,他熬制的酥油茶,那特有的奶茶香味,总是透过门缝随风飘了进来,诱得我们垂涎欲滴……

迪庆高原的神奇,早些时候就有所耳闻,但是,让我心驰神往的还是源于邻居那浑厚的藏族民歌,以及浓香的酥油奶茶。赞美迪庆高原的歌很多,然而,唯独一曲《高原红》,却让我百听不厌而沉醉痴迷。那片祥和宁静的世外桃源,那神秘的宗教圣地,是我心神向往的理想天堂。那神奇的高山雪峰、圣洁的雪莲、幽静的湖泊、如茵的草地、成群的牛羊——是我梦中的休闲驿站!也许迪庆高原并不太起眼,但却有着几许的神秘,这就是"香格里拉",是让我梦萦魂牵的地方!

香格里拉虽然距离文山不远,但这方神秘的土地,却一直未能亲身体验过。2007年10月,时逢迪庆藏族自治州州庆,应大学同学和仕聪先生(时任州人大常委会副主任)之邀,我们一家人才得以成行。

很小的时候就曾听说过,在滇西的迪庆高原,有名扬四海的白茫雪山和梅里雪山,那里有白茫茫的冰川、广袤的草原、碧绿的湖泊、沉静的林海,还有那漫山如霞、遍野似锦的杜鹃花,哪曾想到就是近在咫尺的香格里拉!也许这一切都是命中注定的缘分?或许,那是深植骨髓的"回归"情结,在冥冥之中让我们缘定今生了!因为,那

"望帝春心托杜鹃"的相思情怀，早已深入我们的血脉，或是那烂漫的红杜鹃似乎也有了灵气？我感受到了如红杜鹃般凄美的情感，已经拴住了世人的那颗心，让我们开始深入了解并深深迷恋上了那片梦幻般的土地——香格里拉。我的魂魄已经飞越了迪庆高原，穿越在"三江并流"的横断山之间，流连忘返于香格里拉。那富于神奇而风险、具有浓郁传奇色彩的马帮文化，使我想起了电影《山间铃响马帮来》的情景，仿佛我也与他们一起，聆听清脆的铃声，体验马帮文化那份特有的艰辛旅途，以及团队精神的凝聚力；原生态的民歌、古老的民俗，使我仿佛融入那远古的年代，感受那古老的异域风情，对我是那样的新奇和诱惑；遥望梅里雪山飘落如瀑的水帘，晶莹剔透的冰川，紫烟升腾、云蒸霞蔚，充满了迷幻色彩。

迪庆藏族自治州政府所在地香格里拉县建塘镇，平均海拔3300米，浓浓的藏族建筑风格，神秘的藏传佛教圣地，浓郁的民族风情，吸引了来自天南地北的游客。虽然我们都生长在云贵高原，但是一脚踏进这片神奇的土地，还是感觉到有许多不适，我们一行每到一处览胜，陪同的老同学都不会忘记一再提醒："老同学，步子再小一点，慢慢走，不能快啊……"他总是担心缺氧会致人晕倒，发生意外。

松赞林寺是藏传佛教的圣地之一，也是香格里拉的标志，庙宇轩昂，佛光环照，烟雾缭绕，酥油的灯火昼夜辉煌，诵经的声音深沉悠扬，仿佛领悟到了藏传佛教的博大精深，或是会顿悟生命的奥秘。聆听那肃穆的钟声，好像天籁传出的神祇呼唤，有一种轻盈缥缈、恍若出尘的宿命感。思绪流连在飘香的奶茶、独有的糌粑中，心神激越在热烈的篝火、舒展的锅庄里。

青藏高原向东延伸而形成的地貌特征，把《消失的地平线》一书描写的情景复活在现实当中，使迪庆高原的山峰更显巍峨；横断山的"三江并流"奇观，构成了此地仅有的生态圈，使森林环绕的湖泊更显深邃；温差极大的气候，高原峡谷蕴藏的水能资源，使独有的雪域高原风光更显旖旎。"一山分四季、十里不同天"，高原的立体气候，使杜鹃花姹紫嫣红，风韵尽绽而名扬海内外。在横断山山脉流淌的金沙江、澜沧江和怒江，激情澎湃日夜不息，滋润着这苍莽的雪域高原，培植了灵芝、松茸、虫草、川贝母、雪莲花、天麻等名贵的中草药。茫茫林海是动物的栖息地，森林里的滇金丝猴憨态可爱，时常在公路边出没，与行进中的汽车嬉戏；林下结伴而行的山鸡，不时穿行在山间公路上，犹如出入无人之境，使驾驶员不得不急踩刹车避让。这一切都在深深涤荡着我们的感怀，正是人与自然和谐的生动画面！

香格里拉，不仅有浩瀚的林海，而且，高原湖泊星罗棋布，形成了"草原与绿荫相依、碧海与青山相连"的景观。世人出于对自然的崇拜，为能亲手触摸一下碧塔海的圣水，千里迢迢从海内外赶来，大有"踏破铁鞋无觅处"之感慨！这里的水能资源极其丰富，天然森林郁郁葱葱，而且有色金属矿藏富集，用"一寸黄土一寸金"来形容，一点也不为过。从而，使这里享有"绿色宝藏""天然动植物基因库""有色金属王国"的美誉。老同学时常捎来的雪莲、虫草、松茸、牦牛肉等，既是高原特有的产品，也是稀有的天然健身养颜滋补品，每当品尝过大自然赐给的美味，我的心已被深深地锁定在了香格里拉！

香格里拉，佛塔、嘛呢堆和摇曳的经幡；香格里拉，锅庄、弦子舞和群山怀抱的村落……神奇的土地，犹如埋藏在雪域高原未经加工的黄金、宝石，散发着原始古朴而又神秘的气息！香格里拉，是远离尘嚣、远离浮躁、远离物欲、远离烦恼的乐园；是心的栖息地，灵魂的家园，生命的天堂。正是香格里拉的独特风情，孕育出了热情、真诚、正直而豪放坦荡的山里人性格，让我们在不知不觉中已经意醉情迷！

即便面对红尘，无奈于有缘无分，并在内心发出沉重的叹息，我们就能舍弃这份尘缘吗？即使背上十字架，我们也愿意蹒跚前行！因了这份默默的情怀和念想，香格里拉已经是植根在我心中的丰碑，属于我魂梦追寻的一片净土！梅里雪山的卡瓦格博雪峰，高耸入云，云雾缭绕，白雪皑皑，冰川剔透，海拔6740多米，是至今人类尚未征服的神山。圣洁的雪山，请让我们登上您的巅峰，化作永不凋谢的雪莲，目极香格里拉漫山的红杜鹃！让我们借助您那巍峨高大的身躯，连接全世界，与全人类携手！迪庆高原，天空格外湛蓝，大地幽静碧绿，明月的流光能否带去我们的魂梦，萦绕流连在缅茨姆雪峰（注：梅里雪山主峰）的山前，在香格里拉洒下我们无法隐忍的泪水？秋去春来、南来北往的大雁，能否把我们的思念带到香格里拉，带给我们深深牵挂的朋友？

"此情可待成追忆，只是当时已惘然。"今生无缘在香格里拉常驻，在人流匆匆的过客中，让我们在佛前祈祷，怜惜这份红尘的眷恋！好在后世轮回中，化作永不凋谢的杜鹃花，守候着缅茨姆雪峰！或幻化成一朵白云，轻盈飘荡在雪域高原的上空，俯瞰雪山下的羊群、草原上的高原红，吟唱那久远的康巴拉情歌！

2013年7月31日于文山

一生都在路上

黄贵方

流年似水，岁月匆匆，蓦然回首，已近花甲之年。然而，人生苦短，长路漫漫，生命不息，生活亦不停息。虽然衣食无忧，居有定所，行有坐车，但是事业平平，无所建树，依旧四处奔波，一生漂泊在路上……

提升素质始终在路上。"屋漏偏逢连夜雨"，出生于农家寒门，受制于环境和条件，青少年时代又遇上家国动荡，该读的书没有机会读，好不容易才走出山门，跻身于公务员行列，终究"路窄人挤"而没有出头之日。当发现自己的修养、文化、能力急需提升时，又在匆忙中丢下手里沉重的工作，重拾与年龄相悖的书籍，一次又一次地走进考场，踏进久违的大学校园……文凭是拿到了，文化程度也提高了，但是，职位已经与自己擦肩而过，突然间猛然醒悟，自己不正是《范进中举》的翻版吗？从此，在无声无息中走进了中年，年龄成了一道无形的坎，而年轻一代的后生却很幸运，他们走出校门步入衙门，一路风生水起跑到了我们的前头，科级处级全被他们进位，我辈早来几年的也只好望洋兴叹，如此就一辈子在最基层的岗位上拼命，却又不甘心落伍掉队，于是，在不上不下的职业生涯中，自己只好漫步在上下求索的路上。

经营事业始终在路上。从农村走进城市，所有的亲人都是老实巴交的农民，他们把所有的期望都寄托在我一人身上，自己本身就土里土气，加上耳边不时传来"寨子人"的讥讽声，哪里还有胸怀大志的雄心，能保住不被淘汰已经是庆幸的了。于是，与世无争的观念植根脑海，不论走到哪里都甘为人梯，甘愿秉持睦邻友好的处世哲学。当中国已经成为WTO正式成员，一夜之间我们已经涌进了经济全球化的时代，终于发现自己所学的专业，也可以在市场竞争中派上用场，然而，当我等之辈跃跃欲试时，我们已经不再年轻，开始出现信心不足的恐惧，在应对竞争中没有"从头再来"的勇气，于是，在机遇与挑战之间久久徘徊，既不甘落寞又必须直面现实，在社会变革中我们变得优柔寡断而步履维艰。尽管岁月已经摧残了我们无法实现的憧憬，但是生活是多姿多彩的，创业的路径也不只是一条，如今自己的体魄也还很健壮，蓄积许久的知识正在待发，该放下的坚决把它放下，选择适合自己的舞台，前路漫漫而前景宽阔，何愁没有拼搏一番的用武之地……

营造生活始终在路上。生活是一个广泛的概念，一粒米糊口、一根麻裹身，是人们生活的初始需求，按照马斯洛需要层次理论，这就是人类的第一需要。然而，我们生活在当代的中国是幸运的，不管是旅居国外还是居住于本土，都亲身感受到国力增强给国民得到的实惠，也体味到了社会安定让人们带来的荣耀。因此，物质富裕只是生存，精神富有才是生活，温饱生活显然已经不是我们的目标。物质上过上小康生活，精神上过上体面生活，这是国家倡导的"有尊严生活"的体现，也许这就是13亿人民共同追求的目标。中华民族的传统文化告诉我们：在中国，个人命运是与国家命运联系在一起的，国家富裕则民族强盛，国家强大则民族安宁！古人云："不积跬步，无以至千里；不积小流，无以成江海。"人生在世，譬如朝露，唯有选准航标，方能步步为赢，积累财富如此，积蓄国力如此，个人进步依然如此！从领导岗位退下来之后，我不去理会那些蜚短流长，而是专心营造宽松的生活情致，于私不卑不亢地承担家务，于公始终听命于单位和组织，不让家人添加累赘，不给单位领导增加负担，自己快乐、家人高兴、组织放心！闲暇之余，时常关心公益活动，自费到农村了解农民现状，徒步到山区考察名山秀水，独自走进矿山企业，关注生态环境，关心山河变迁，把亲身体会和所见所闻记录下来，借助公众媒体告知世人，做于国于民于己有益的事。为创造财富出力，为社会履行义务，为公众担当责任。身为一名普通中国公民，自知一己之力十分微弱，然而，位卑未敢忘忧国，众人拾柴火焰高，依靠民众的路才能越走越宽，年近花甲依旧不敢停滞。人生不可能一帆风顺，生活肯定会遇到困难，但是阳光总在风雨后，相信有彩虹，风风雨雨都接受，对生活充满无限的希望，生命就能焕发出无限的光彩。

  家庭婚姻始终在路上。家庭是社会的细胞，也是一切社会活动的基础，家庭与社会是相辅相成的，而家务事则是最复杂的。曾经有人断言："管不好家庭何以管国家！"乍听起来似乎很有道理，其实在现实生活中却有失偏颇。家庭婚姻是社会的缩影，折射出所有的社会现象和现实问题，它是一切社会现象的反映，既要讲理，更要讲情，还要重爱，而"情"与"爱"又往往重于理。因此，家务事是十分复杂的，犹如一团越理越乱的乱麻。"清官难断家务事"，自古以来，上至宫廷下至民家，家务事是无法厘清的，聪明的人模糊家务事，迂腐的人才与家人讲理。人世间的事都在变化之中，永恒不变的事微乎其微，"爱一时容易，爱一生不易"。所谓"家不是讲理的地方，而是讲情的地方；家不是算账的地方，而是讲爱的地方"就是这个道理。所以，面对家庭成员的不同要求，我们当以"情"字当先、以"理"字为本，其他事情则随"爱"而行，如此善待家庭婚姻及家人，爱就能永远焕发出生机，当然就不可能有终点了……

总之，人生短暂，世事如棋，有你不多，无你不少，待人对事不可斤斤计较，进一步冤家路窄，退一步海阔天空，宽容别人其实是包容自己，权当自己是一头黄牛，跑快跑慢都是行走在路上……

2013年8月19日于文山

心存敬畏

黄贵方

心存敬畏，不是畏首畏尾，而是对自然规律的坚守，是对社会法则的遵循。无所畏惧，英雄本色，经常被用来描绘时代英雄，一个顶天立地的勇者，似乎也需有这样的风范。可是，孔夫子曾经说过："君子有三畏。畏天命，畏大人，畏圣人之言。"德国哲学家康德则坦言，他对头顶的璀璨星空与心中的道德准则心存敬畏，他自己"愈思考愈觉神奇，内心也愈充满敬畏"。

两位先哲并非先天胆怯，更非后天无知，而恰恰是超越常人的智慧，让他们多了一份敬畏之心。所谓敬畏，是对自然、对社会、对生命的敬重；而畏惧则不然，它表现为对权势的恐惧，缺乏对社会责任的担当。心存敬畏，最典型的是宗教徒，他们对神灵顶礼膜拜，丝毫不敢亵渎。当然，不信宗教的大有人在，特别是随着现代科学的发展，过去人们眼中的许多神秘现象，都得到了科学的解答。但现代化可去除迷信，却不可除却心中的敬畏；一个人可以不信神灵，却不能无视神圣的自然。这与科学精神并不相悖，因为，人类社会的信仰是无比顽固的，人世间确实存在难以用常规尺度衡量的信念。

我们首先应当敬畏自然。即使人类被称作万灵之长，尤其是人造卫星的成功回收，人类活动的范围与能量不断拓展，但因此就想改天换地，未免过于自负。试看我们最伟大的发明、最精密的制造，一旦摆在大自然的创造面前，就显得十分的拙劣。而人类移山填海式的壮举，初看热闹非凡，当超出大自然的容忍限度时，必然遭到自然的加倍惩罚。可以说，人类不管再聪明，本身都是大自然的作品，仍然是宇宙怀抱里成长中的儿童。相比宇宙和自然的无限，人的理性与能力是那么有限，我们对世界的"未知"要远远大于"已知"。敬畏自然，就是认清我们自身的渺小，正视大自然的神圣。人类属于自然，自然却不属于人类。没有我们人类，自然界照样存在；反观人类，却难以离开生于斯、长于斯的星球，又怎能对自然不谦卑，怎能有与之对抗的本钱？

我们还应当敬畏生命。虽然在这个世界上，生命没有丝毫的稀缺，但每一条生命都是神圣的。每一个人之于他们的家庭、友人和团队，都是难以割舍的存在，就在于人类的社会属性。埃及"二战"盟军阵亡将士墓碑上有一句话，也许对我们会有所启迪："对于世界，你只是一个士兵；对于家庭，你是整个世界！"这种人文关怀透着对生命的敬畏。每个人的出身、地位、财富都不同，可在人格上却有着同等的尊严。敬畏生命，就是把人的生命摆在首位，不仅如此，而且还需要珍视人的自由选择，维护人的发展机会，尊重人自由发展，让社会有更大的包容。而换作更开阔的胸怀，对生命的敬畏还应当包括其他生灵。因为它们也有心跳，也有亲情，也有痛感与悲戚，我们怎能不推己及彼，怀一份恻隐之心呢？更何况在人类生存的星球上，如若没有许许多多生灵的共存，人类将是多么的孤独与乏味。

我们更需要敬畏自然规律。客观规律是神圣的，不以人的意志为转移。人力即使再强悍，也无力对抗自然规律，更别说创造或者消灭规律。我们可以高喊"人有多大胆，地有多大产"，可现实只给出合乎规律的答案。纵观历史，谁敢与规律掰手腕？败下阵来的，只能是那位不自量力的愚者。如果说规律非人力所创，那么完全由人制定的法则，是否无需敬畏呢？华盛顿作了很好的回答，他将就任美国总统比作"像走向刑场的囚犯"，因为他带上了比普通公民更重的法律枷锁，他对法律就更加心存敬畏。法律、规则作为人们共同遵循的行为规范，一经确立就具有不被逾越、不被变通、不被潜规则左右的神圣性。这好比父母生育了子女，就无权损伤子女的身体和健康。既然颁布了法则，不管任何人，不论任何政党，都没有凌驾于法律与规则之上的特权。谁蔑视法律、调戏规则，谁就是社会秩序的败坏者，必须受到法则的严明制裁。

很显然，人世间需要敬畏的东西还很多。比如，敬畏历史、敬畏先贤、敬畏舆论、敬畏百姓、敬畏科学、敬畏正义。这些都涉及人的基本价值观，丝毫不可轻视，也丝毫不可玩弄。对它们心存敬畏，不是由于受金刚怒目、铁棒皮鞭的恐吓，更多的则是发自内心的庄严，需要内化于心，外化于行。从本质上讲，敬畏与信仰息息相关，没有敬畏之心，就没有信仰之真。

毋庸回避，当今社会已染上浓厚的功利色彩，甚至需不需要敬畏，也要先问一声"有没有用"——对自己有用，就烧香拜佛；若不再管用，则立马丢掉。因此，最被敬畏的往往是权势与金钱，但这两样东西是最容易变换的。敬畏的功利化，说明社会上普遍信仰弱化，意味着人们精神世界的荒漠。当本该虔诚以敬的东西，都可以用权换、也可以用钱买，如此这般的社会现实，即使堆砌出再多的财富，也必将与真正的文明渐行渐远。

心存敬畏，虽然不排除外在约束，但主要是源于内心的自律。东汉杨震由荆州刺史调任东莱太守，冒邑县令王密前往拜访，私下以金相赠，还称"暮夜无知者"。杨震回答："天知，神知，我知，子知，何谓无知！"杨震对天、对神的敬畏，或许有对冥冥之中那股神秘力量的忌惮，我却更相信他是为了心安。每个人的心中其实都有一条底线，这是不能突破的最后屏障，是我们必须敬畏的戒尺。无可否认，这条底线在当今社会已被许多人所逾越，但只要良知未灭，它在我们的内心深处仍然起作用。"此心安处，便是吾乡。"就道德层面讲，一个人可以不做君子，却不可以做小人；可以不忠言逆耳，却不可以奴颜婢膝；可以不襟怀坦白，却不可以两面三刀；可以不乐善好施，却不可以为非作歹。

　　心存敬畏，就是不懈坚守做人的底线，始终严守做事的法则。需要指出的是，敬畏不是教人明哲保身，以致畏首畏尾，无原则地轻信教条、盲从权威，使整个社会陷于集体无意识。但是，一个民族在走向自由、民主、开放、富强的同时，必须常怀敬畏之心。事实上，一个无所畏惧的社会，恰恰是最可畏惧的。假如一切都无禁忌，那么一切都可被毁坏、被打砸、被妖魔化，于是什么房子都敢拆，什么古墓都敢挖，什么数据都敢造假，什么决策都敢拍板，什么官司都敢乱判……如此，这个社会将变得肆无忌惮，也势必进入为所欲为的恶性循环。

　　古人云："凡善怕者，必身有所正，言有所规，行有所止。"呼唤心存敬畏，就是呼唤理性、呼唤良知、呼唤责任，在当今时代重塑公民立身、社会运行的准则。毕竟人在世间，当有所为、有所不为、有所禁为。我们每个人都有所求，但必须有所忌、有所惧，知晓前行又懂得停步，知晓获取又懂得放弃，这样的人生才阴阳平衡，由这样的公民支撑起的社会，才能建立起健康、良性、和谐的大社会。

2017年2月18日于文山

外出务工的农民
——一群迁徙的候鸟

黄贵方

引子

叶落归根，是中国人的传统，然而，对身体逐渐衰老的唐老三来说，花甲之年回归故里，并不是他企盼的事情。

两年前，老板对他扔下一句硬邦邦的话："把工资算好，赶快回家吧。"他第三次从异乡回到了藏在滇东南喀斯特山群的山村，这次回来他很清楚，再也不可能外出务工了。

已经64岁的唐老三，在28年的时间里，居然3次外出务工。小儿子出生，他离开揭不开锅的老屋外出打工；小儿子上中学，方圆几平方千米的亲友借不出一分钱了，他再次外出谋生；妻子精神病发作，几个儿子要成家立业建盖房子，他默默地锁上大门，把几亩田地租出去，带着时好时坏的病妻，离开山村一同外出务工。

多年的打工经历，让他认清了一个道理，自己就像被赶来赶去的羊，生活的皮鞭落下，他就得四处奔波。

大多数的时候，皮鞭来得让人措手不及，全村百来个年轻人陆续来到深圳，裤包还没捂热就赶上深圳转型，密密麻麻的工厂一夜间就消失了，他们跟着工厂腾挪转移，有人去了东莞和惠州，有人则奔赴浙江掘金，还有人回到家乡做生意或打理田地。

有时，抽人生疼的皮鞭不是来自外在，而是来自于最亲近的人。有人因为孩子出生放弃原本蒸蒸日上的工作；有人被一场疾病拽回山村只好认命；有人因为忍受不了亲人的分离，被困在举债建盖的新房；还有人无法接受亲人的意外，从此把生活的半径一点点地缩小。

在百来个人生路口前，很多人急刹车，或掉头或转向，离最初的目标越来越远。曾经抱团的老乡四散分离，如今，他们中还留在深圳的也不过十来人，真正在当地买了房站稳脚跟的，也只是掐指可数的个位数。

当年那批意气风发的小伙子，大多已经拖着疲惫衰老的身躯，回到了这个紧挨南国边境的山村——滇东南壮族苗族自治州边关县锅底塘村。

唐老三偶尔会在打理庄稼的间隙，瞥到那些弯曲的身影，他还隐约记得，最初刚到深圳那些年，大家还不时聚会吃饭，在深圳湾大酒店、世界之窗的工地上，他们都留下了合影。有老乡打趣说，他们是一个带一个、为了"好生活"集体迁徙的"群居动物"。

可后来的 20 多年，他怅怅地叹了一口气，然后又摇了摇头，表示再也想不起什么交集的画面了。

一

28 年的务工岁月，似乎只停留在唐老三日渐衰老的身体里，他再也扛不起七八十斤的水泥了，干农活间隙休息的时间也越来越长。可一说起最初奔赴深圳的经历，这个满脸皱纹的老人，会一下子露出懊恼的神情，感叹自己"浪费了十几年"。

他在深圳停留了短短几年，每日埋头在蔬菜基地，一心一意想挣钱。那时，深圳常有人因"三证"不全被送进收容所，甚至被遣送回家，他听说后就不敢私自出厂了。害怕再生小孩拖累家庭，他让待在老家的妻子做了绝育手术，他不想再出现一点点闪失。

在唐老三的回忆里,那段日子"太好挣钱了"。那是 1990 年前后,村子约有百个青壮劳力,一个接一个地来到深圳,遍地的工厂像是会结出钞票的树。据当时主流新闻媒体报道,1989 年,农村外出务工劳动力,由改革开放初期不到 200 万人,一下子就骤增到了 3000 万人。

当年唐老三顶着 36 岁"高龄"外出务工,每天 8 块钱的工资,"一个月就能挣回一头大肥猪"——在当时的锅底塘村,一头大肥猪的价格不超过 200 块钱。

好日子还没过多久,变故就毫无征兆地来了。一封电报催促他即刻回家,电报里短短几个字,但却肯定地说,他的妻子"疯了",大冬天的往外乱跑,在别人家的田地里撒泼打滚。

唐老三火急火燎地回到村子,带着妻子到昆明医科大学附属医院检查,等待他的是妻子罹患间歇性精神分裂症的诊断书。

他被这场疾病整整困住 15 年。每天照顾儿子、妻子,负责所有农活。他挥舞锄头除草,牵着耕牛犁地时,他总会想,如果自己还在深圳该多好,那样,小儿子就能吃上几顿猪肉了。

太阳落山后,唐老三习惯地坐在破旧老屋的门口,望望远处的田地和弯弯曲曲的山路。那条通向村外的路上,拖着蛇皮口袋回乡的人影逐渐多了起来。他的邻居冷冻冰也出现在了山路上,他匆匆结束了自己一年的深圳之行。

一年前,年仅 18 岁的冷冻冰,跟着同乡跳上了长途客车,奔向收音机里那个"遍地高楼大厦"的深圳。老板看中了这个年轻健壮的小伙子,派他爬电线塔做线路维修的工作。冷冻冰兴奋极了,从几十米高的电线塔看过去,是一栋栋"特别大的工厂"和"满街的卡车",他从没见过那么多房子和车子,更重要的是这份工作,一个月的收入足足有 500 元。可没多久,爬上高空时,他的心脏会一抽一抽地疼,头晕目眩，身体不停地"打转转"。

冷冻冰在宿舍躺了整整两个月。他没钱也不敢去看病，胡乱吃了一堆药，可第二天醒过来，心脏依旧还是疼。

回到锅底塘村时，这个身高170厘米的青年两手空空，除了一个装着破烂衣服的蛇皮袋，就是落下了一身的病。原本这个青年数着自己爬过的电线塔，一个个记录下位置，"还有点自豪"，回到家乡时，这些纸张不知道被他扔到哪里去了，口袋里从此塞进了一沓厚厚的病历。在通向梦想的路口，他生生地转了一个弯。

人啊，有时真的太脆弱了，在15年的时间里，像冷冻冰这样的故事唐老三听了很多，生活的变故似乎很轻易地就能击中他们的人生。

同村的钱伟在浙江的炊具厂，一度获得了梦寐以求的机遇，主管推荐他去上海总厂学习，学成归来就可以担任车间的班长，还能得到他盼了三四年的加薪机会。可临行前，老家打来电话，说父亲病了，医院下了病危通知书，家里没钱没人，等着他回去处理。于是，钱伟错过了这次机会。

还有老乡在家具厂工作，送料时拿木条的手指不小心被卷进了机器，小拇指的一半被瞬间打飞。看到他血肉模糊的手，医生就使劲地摇头，"小拇指另一半断得齐刷刷的，找不到那截指头，就没机会再接上了。"那几个月，工厂断指的员工有好几个，他们只是休养几个月后，这个老乡又回到了原来的工厂，重复着此前的工作。

"你疯了！那种地方还待？你就不怕吗？"有村民问。

"换个地方，工资给不了那么多啊。"他自嘲地笑了笑，"等不起啊，供完一个娃娃又是下一个。"早些时候，他在电路板厂工作，因为污染严重，每天工作口袋里必定揣着乌黑色的解毒丸。因为实在不愿忍受那个环境，才换了家具厂这份工作，好不容易工作几年加了薪，没有成本再换了。

折返的老乡带回来一个又一个悲伤的故事，唐老三听得心里惶恐不安。他的小儿子一天天大了，眼看要上学花钱了，唐老三咬着牙关再一次出发了，只是深圳已经不是他的目的地。他觉察出深圳的工厂开始外迁，工人也要求有学历。"那里不是过去的深圳了，还是去浙江吧。"有好心人劝他。

唐老三到了浙江，大大小小的家庭工厂，给他有了栖息之地。然而，他还牵挂着老家的妻子和孩子，他有事没事就找老板套近乎，他向老板乞求说："老板，能给我老婆一个工作吗？扫地、保洁都可以的……"

老板真的发了善心，同意接收这对夫妻。他锁上大门，下狠心把几亩田一口气租了出去，带着妻子出来了。

大儿子大女儿都在深圳打工，当年自己被迫回村，他给两个大点的孩子都下了命令："都去深圳，那里机会多！"活泼懂事的大女儿很受老板和老乡喜欢，很快被提拔当秘书了。小儿子则留在老家念书，唐老三痛快地做出了安排："周末不要回家，放寒暑假直接来浙江。"

一家人从此四散远离，可兴奋的他还是觉得，"不会有更好的选择了"。

二

在浙江东阳的工具厂，唐老三感受到了久违的幸福。工厂提供一个大蒸柜，一到饭点，各家各户把米淘好再放进去，米熟了，宿舍楼香气四溢。

他和妻子住在7平方米的宿舍，煮着玉米饭充饥，一个月能挣3000多块钱。"再撑几年，等到小儿子读完大学，日子就好过了。"他总这样想着盼着，暗自宽慰着自己。

一个突如其来的电话，又打碎了他的梦想。电话那头是女婿颤抖的声音，唐老三在注塑机嗞啦嗞啦的轰鸣声里听到了噩耗，38岁的女儿没了。

他和老伴坐了20多个小时的火车赶到昆明，一路坐肿了腿、哭肿了眼睛。老两口说不清女儿是怎么死的，只知道是意外中毒。到了停尸房，唐老三才想起来，自己有好多年没见过这个懂事的大女儿了，她的脸还是胖胖的，皮肤泛黄了，身体有些部位腐烂了，眼睛紧闭着，永远也睁不开了。

因为结婚，女儿前些年放弃了深圳的工作，去了丈夫的老家。可生下孩子后，迫于生计，夫妻俩又齐刷刷地跑到昆明，女儿在一家酒店洗床单被套，女婿在几十千米外的工地上班，几个孙子留在女婿老家。想到这些，唐老三突然很心疼女儿，他说，他分明在女儿身上看到了昔日的自己，看到了曾经那个为了生计四散分离的家。

他想恨女婿，为什么要把女儿带到昆明，留在深圳也许女儿早就当上白领了。可他恨不起来，女儿女婿的每一步都迫于无奈。身为父亲，他不能劝女儿不要回老家结婚，他更不能劝女儿不外出打工，从始至终，他"一点都帮不上忙"。

失魂落魄的夫妻俩又回到了浙江。他的假期有限，再不回去工作也要丢了。只是妻子的状态实在糟糕，自从看到女儿火化前的样子，就一直神神道道，唐老三没办法，只能盼着医生开的"那种最便宜的药"，药效能好一点。

他的愿望落空了。一个午后，宿舍的工友找到他，说他妻子的病又发作了。他顺着工友指引的路径，跑到后山去找，发现披头散发的妻子在树林里乱窜，毛毛虫、飞虫还有叫不出来名的虫爬满她的手臂，妻子龇牙咧嘴地对他傻笑。看着妻子这个样子唐老三哭了，外出打工这么多年，这个老人第一次哭得那么伤心。

——一群迁徙的候鸟

那一年，伦敦奥运会成功举办，神舟九号一飞冲天，整个世界都沸腾了。可是，这些热闹的场景都与他无关，也与冷冻冰没有关系。从深圳回来后，冷冻冰生活的半径越来越小，最后只剩下村里破旧的房子和3亩多的田地。

心脏的疾病有所好转后，冷冻冰迫不及待地跑到县城重操旧业。可才登了几次电线塔，他的腰部就开始绞痛，还出现了尿血的症状，还时不时伴有发烧。妻子前些年就患上了严重的乳腺增生，干家里的农活都成了难题。有时候早上，躺在床上的两个人身子都很疼痛，你看我，我看你，再看看破洞的天花板，沉默良久，冷冻冰还是得起身，慢慢地走出去干活。去医院一检查，看到检查结果他被吓蒙了，他两眼一抹黑——又得了肾结石。

拿到诊断书的那天，他忘了参加孩子的家长会，老师打电话问，他一股脑儿地说了。结果第二天，本该在学校待着的老大跑回家来了，对躺在床上的冷冻冰说："爸爸你没事吧。"说完，拿出80多块钱，说是找全班同学借的，死死塞给冷冻冰，要他拿去看病。对着破败的家园，冷冻冰无声地哭了。

他开始彻底地害怕变故。一场持续的咳嗽、一次钻心的肾绞痛，都让他担心得整宿睡不着觉，他不敢出去打工，可守着这块土地也挣不到钱，摆在他面前的是无解的命题。

越来越多的人从各地返回。这时，冷冻冰才意识到，原来老乡和自己一样脆弱，"一个变故也承受不起了"。

有个老乡被骗去了新疆打黑工，每天天不亮打着手电就去种棉花。当初，来招工的老板在锅底塘村信誓旦旦地说：新疆有钱挣，"一个月3500元"。可真到了那里，却一分钱也不给，十几个老乡被分散到了十几个小组，周围都是说方言的外地人，互相之间谁也不认识，这是"谨防造反"的措施。

他不服气地跑去理论："为啥不发工资啊！"对方一点也不示弱，直接掏出了刀子，恶狠狠地说："你要钱还是要命？"一年后，他坐上了返乡的火车，手里被塞了几个硬如砖头的馒头。他吃不下，饿着肚子到了家，把馒头扔给狗，发现连狗也不吃。

这个老乡后来几乎再没出过远门了。他说："我只相信我自己。"

他的弟弟随产业转移到了浙江。有一年，突遭母亲去世，弟弟去找老板商量，想结清这几个月工资，回家奔丧。但老板拒绝了他："要么干满一年，现在走一分钱都没有。"他快要给老板下跪了，假期还是没有请下来。车间里的工友默默地聚在一起，你给一点，我凑一点，这个中年汉子的路费和丧葬费就这么凑了出来。回去的路上，他发誓："一定要离家近一点，最好早上知道的事，下午就能回来的那种"。

可奔完丧，他还是重返浙江，离家近又合适的工作，他到哪里去找啊！

最早在深圳时，曾有一个同乡得了重病，几乎所有滇籍的工友都发动了捐款，最后，他们凑了8000多块钱医药费。可终究还是气绝人亡，没能留住他的性命。

唐老三觉得，自己的性子在外面的几十年被一点点改变了。他看到了太多的无奈、亲历了太多的心酸，看到了太多农民工的默默隐忍，亲身体验到麻木悲伤。

锅底塘村村民丁传云在各个工地干了好几年，他印象最深的，莫过于每次出了事故，附近的民工总会很快聚起来。关系好点的，商量着买点水果去医院看看，不熟的，就抓紧时间问问出事是咋搞的，哪个步骤弄错了。交流结束，总有人补上一句："大家要小心啊"！

第二天，这些民工都不会出现在工地了。大家已经养成习惯，出了事，一定会有调查取证商量赔付一堆事儿，工地的活儿一停就是好几天。没有人等得起，过了一夜，还要重新去寻找新的工地，直到出事的工地再次召唤他们。

那时手机还没有流行起来，很多老乡遭遇了变故或者产业转移，前脚离开了所在的城市和成群的老乡，就没法留下联系方式了。人一走线也就断了，百十来人四散在全国各地，好多人几十年间再也没能见过一面。

唐老三记得，电视里有人说过："农民工在大城市里打工，干的是工人的工作，过的却是流浪汉的生活"。

三

生活已经开始偏航。60多岁的唐老三越来越感觉到力不从心了，自己作为一名搬运工，有时候对着几十斤的货物却束手无策；有时候是妻子的突然病发，他只能默默祈祷妻子"别去搞破坏"；还有的时候，是被老板辞退得太突然，辞退得到理由很简单，就是"你不值这个价了"。

他习惯了被赶来赶去的状态，而且从来不去据理力争，"跟老板争没意思，又不会多给你工资，赶紧去找别的工作才是重要的"。步履蹒跚的唐老三一直觉得，自己是因为错过了最初在深圳的十几年，才落得"卖体力"的下场，可他那百十来名同乡，兜兜转转20来年，也只有几个人真正在深圳扎根落脚。

实现命运逆转的村民王立新是其中之一。如今，他在深圳拥有自己的房子、车子和店面。这个生活体面的中年人认为，自己之所以能在深圳站稳脚跟，靠的是"背靠悬崖、无路可退、了无牵挂"。

跟随村里的大部队去深圳打工时，他的父亲极力地反对。离开那天，父亲是拿着菜刀"送"他的。这个二十岁出头的小伙子，在深圳的第一份工作和包装厂的流水线有关，一个月赚100多块钱。有老乡叫他出去搞珍珠棉的生意，他二话没说就辞职了。那时通信不发达，他就每天坐公交车到各个工业区，企图混进去，找各家企业谈生意。

门卫拦住他，他说自己是有预约的王先生。一查询，没有这个人。出去绕了半天，再回来，门卫换班了，这次他成了有预约的张先生。他就这样用双脚几乎走完了珠三角所有的工厂，以一个月穿破一双皮鞋的代价，打开了销路。

回过头来看，这个从锅底塘村走出来的汉子说，自己毫无退路："几个月没工资了，再打不开销路我就只能饿死。"王立新觉得自己很庆幸，那时自己刚结婚，妻子通情达理，父亲和自己断绝关系，也没生孩子，可以说是"了无牵挂"。

可他的百十来个同乡，却没有那么的好运。钱伟安置好病重的父亲，从老家再次回到了浙江，还是去了原来的炊具厂，尽管失去了上升的机会，可他看中领导对他的重视，还偷偷地想，卖力点多干几年，也许还能有一次这样的机会。

生活的皮鞭又一次不经意落下。等来的不是机会，而是孩子——妻子怀孕了。钱伟慌了，炊具厂的工资偏低，无法再负担一个孩子了。他心里很纠结，却一直拖着没去辞职。

孩子出生后，他去超市买奶粉，走到货架的边边角角，他觉得那些奶粉太贵太贵了。动辄几百元的奶粉他拿起又放下。最后，这个年轻人把工作给辞了。一家人搬到了浙江另一座城市，钱伟进了收入高几百块的家具厂，开始卖苦力挣钱。

丁传云一直以为自己不会受家庭的影响，能在浙江的工地好好干活，把家里建房子欠下的十几万元还清。他在当地人缘不错，找他干活的工地不少。最值得他高兴的是，女儿成绩优秀，奖状挤满了还显得有些空荡荡的新房墙壁一角。

直到今年春天，老家父母来电话，一向懂事的孙女突然不愿意去上学了。他才想起来，好多个疲惫的深夜，他都接到了女儿的电话。那时，他困得昏昏欲睡，电话那头，上小学一年级的女儿告诉她，自己被同住的女生欺负，"如果不给钱就挨打"。

女儿的话没有太放在这个年轻父亲的心上，他找到班主任，两个大人一致认为："六七岁的孩子，能欺负到哪里去？"工作忙碌，他很快忘记了这件事。直到几个月后，女儿在电话里哭喊："为什么她还要欺负我？"女儿抽泣着说。欺负她的女生不仅没有收敛，还变本加厉，继续要钱。

他匆匆忙忙赶回老家，看到女儿，好说歹说哄着到了学校门口。可女儿死活不愿意下车，哇哇大哭抱着他不松手。他觉得自己也快崩溃了。最后，这个原本打算"把女儿哄进学校就走"的父亲，允诺每天接送孩子上学。几个月过去，他依然留在老家，每天送女儿到学校后，再骑着摩托车到县城做零工。

这不是他想要的结果。家里的两层小楼，他给三个孩子一人留了一间房，为的就是让每个人都有一个独立的空间。他年轻时在广东打工，曾住过臭烘烘的集体宿舍，过着"没有隐私"的生活，他不想让孩子也过那样的生活。

咬紧着牙关，丁传云把房子多加了几十平方米，可换来的代价则是多出来的十余万元成本。这个父亲吐着烟圈，眼睛红红的，他说自己也不知道还要在家乡等多久，不过，丁传云还是确定一件事，女儿毕竟患上了心病，他说："女儿不恢复过来，我是不会走的"。

四

两年前，被藤椅厂老板赶出来时，唐老三预感到了自己的命运。在厂里慢吞吞地搬东西时，老板冲着他喊："怎么这样没用"。

他和老婆在工业区转了一圈又一圈，没有工厂再愿意收留这对年过花甲的打工夫妻了。前年，老两口终于回到了落满灰尘的老屋。他在村子里遇到了很多返乡的中老年人，人数一年比一年多。

国家统计局公布的《2016年农民工监测调查报告》称，2016年农民工总量达到28171万人。其中，在外出农民工中，进城农民工13585万人，比上年减少157万人，下降1.1%。

返乡的中老年农民工，他们最常说的一个词是"迷茫"，他们说："回到村里不知道能干什么"。

"搞养殖？你有经验吗？""卖蔬菜水果？你了解市场吗？有技术吗？土地流转有资源吗？"钱伟也加入了这些讨论，他最终选择重操旧业——屠夫。

"我真的很怕很怕风险。"这个近40岁的中年男人，对自己的选择都没有信心，他一脸忧愁地说："如果养猪养牛市场不好呢？如果搞种植天气不好影响收成呢？"他说，自己每想到一个念头，就会迅速打消，思来想去还是挑了所谓"最稳当的工作"。

这种感觉让他觉得陌生，十几年前出门时，他满怀信心，雄心壮志，他想着干大事，学技术，挣大钱。如今回来时，这些豪气万丈的声音，却消失得无影无踪，仿佛跟说假话似的。

一直到前些日子，县里组织的扶贫培训项目，才让钱伟重新得到机遇，他放下屠夫的工作，去学习电路知识，预备学成后换个收入更高的工作。每天夜里他从不迟到，听课的人中，锅底塘村的这批中年人占了快三分之一。

同村的徐建峰很早就有预感，他意识到打工终究不是长久之计，早在十多年前，他就学会了开卡车。一度在工地开车的他，以为自己触摸到了机会。当地招聘公交车司机，关键要求写得很醒目，"驾龄超过20年"。可应聘时，对方只说了一句冷冰冰的话："外地驾驶员不招"。

他开始攒钱，打算凑够了钱就买辆大卡车，回到滇东南跑运输生意。几年后，他的车有了，高速公路上的货车却越来越多，油价也涨起来了，运输生鲜的生意越来越难做。

徐建峰把车从市里开回了县城，发现还是没有太多可干的活儿，满城都是搞运输的农民工，"在外面打过工还有驾照的，几乎都在干这个行当"。最终，这辆车被开回了锅底塘村，停放在空荡荡的新房里。

他还听说，有同村的人昔日在深圳的制鞋厂干了几年，回来后在隔壁镇上开了个鞋店，十几年间生意火爆。可最近几年，互联网席卷而来，实体店铺生意越来越难做。"兜兜转转还是这样，改变命运真的那么难吗？"徐建峰喃喃自语地说道。

这句话，阳钧深有同感。他在深圳做生意破产后，带着仅剩的积蓄回到老婆家，试图在当地开办广告公司，可当他进入市场时才发现，小小的城市，在2000年时就有了大大小小的广告公司60多家，市场竞争激烈，他在本地无依无靠，勉强支撑了三年，还是关门了。

阳钧觉得自己在边关被打回了原形："你以为自己懂了很多，积累了很多，其实你还是一无所有"。

只有冷冻冰的生活看起来稳当得一成不变。他牢牢地守着那3亩租来的土地。尽管，剔除掉成本和租金，他几乎一年剩不了几个钱，可他还是觉得"至少一家人不会饿死"。

这个居住在村里最偏僻一隅的男人，拒绝统一安排的异地扶贫搬迁。面对扶贫干部多次劝说，他态度坚决："去了城市，你连葱葱蒜蒜都要买，说是可以打工，可身体不好打什么工，做不了工，只能在床上等着喝西北风了！"

冷冻冰已经不再向往外面的世界了。"一天都要坐着，要吃好几次药，哪里要我们？"他默默地说，"只有土地不会离开我"。

五

地处滇东南的锅底塘村，掩映在一片喀斯特山群里，土地是这里最珍贵的资源。冷冻冰租来的土地大多藏在石头山的边边角角，最远的一处，离他家有一个多小时的步行路程，玉米丰收，要来回走30多趟才能收完。家里的屋子修到一半就停下了，墙面也还没有粉刷。蹲在门前，他用铡刀反复切割树的叶子，他和妻子喜欢切细点，这样牛吃起来好消化。

偶尔孩子也会怯生生地问他，学校要求买双运动鞋上体育课，该咋办？那时，冷冻冰会很难过，他看着大儿子黑黢黢的脚板，指了指远处自家藏在石头山缝隙的地说："这地天生就有肥地、瘦地，你看看我们家的地，那就是瘦地，种不出什么名堂。小娃儿，你就生在瘦地里，能长出好庄稼吗，只能认命了啊"！

大儿子眼泪汪汪的，不情愿地说："知道了，知道了，爸爸，我不要鞋子了，你别说了"。

阳钧一度也认命了。在城里创业失败后，他回到媳妇的农村老家，整夜整夜地失眠，头发一掉一大把，他提不起兴趣也没有信心去工作，每天在家里"混吃等死"。直到小儿子出生，家里一下子捉襟见肘，这个父亲听不得儿子的哭声，他咬咬牙又再次出发了。

他的目的地，还是深圳，"是又爱又恨的深圳"。他从超市促销重新起步，一步步做到了主管、经理，再出走继续创业。最开始那段日子，他一个人在深圳，嘴皮干疼，夜里想家，"不努力孩子就要饿死"，第二天又精神抖擞地去上班了。

他得感谢他的儿子，阳钧说："如果不是他的哭声催促，我不会硬着头皮再回深圳，也不会再去拼最后一把。"在如今拥有好几家店面的阳钧眼中，曾经的自己和百十个同乡，就像是一群跋山涉水的"群居动物"，终于来到深圳，还没来得及享受阳光和食物，就在变化莫测的自然界前纷纷摔了跟头。

"我们都以为这里有最好的条件，却忘了大自然不会只有风和日丽。"他说。深圳在短短时间内完成了产业转型，如果自身不跟着调整，等待的命运只会是被淘汰。不过在他看来，这个过程近乎残忍。看似百十个人拥有百十个命运分岔的路口，可大多数人一生"只有一个出口"，大多数还是"灰溜溜地回老家了"。

几年来被生活赶来赶去的唐老三，终于学会了和生活皮鞭握手言和，他在家养了一些猪和牛，想着多少能挣点钱，也能为儿子娶媳妇出点力。小儿子虽然在城市工作，可他的婚房还没着落，大儿子更是连对象都没有。

唯一能让他心安的，是两本朱红色的临时居住证。当年离开浙江时，他把它们带回了老家，放进了床头柜，时不时拿出来看一看。红色的印子还清晰可见，那是他眼中官方的"认可"。他等待着哪一天还能拖着衰老的身体回去，自豪地掏出临时居住证，再豪气地向当地人抖一抖，把儿子的婚房、车子挣出来，就像当年刚去时那样，用勤劳的双手供小儿子读完大学。

唐老三已经是满头白发的老人，回到锅底塘村也有些时日了，不过，他舍不得扔掉这两本早已过期的证件，他无奈地说："不会有更好的选择了，这东西权当作个纪念吧"。

2017 年 6 月 10 日于文山

一个人的部落

李尔只斤·斯琴琪琪格

"我们的部落追赶着太阳，一路向东……"还俗的喇嘛告诉我这件事的时候，高高地扬起了他那宽大的一只手掌，是向着早上太阳刚刚升起的方向。这让我觉得，是他的罪过把草原上好端端的我的蒙郭勒津部落一巴掌甩向了如今广袤的辽西大地。这一股气势如虹的大力，让部落里的勒勒车、马群、羊群、挤奶的阿妈和她嘴里的声声佛号，一股脑地整包向东，轻而易举地离开了浩瀚的河套草原，离开了蒙郭勒津部落蒙古人土生土长的一方水土。

我是一个走失的孩子，在一百多年前的那场迁徙中我和我的部落走散了。许多年来，我站在一片孤远的土地上，只做两件事，那就是牢记着我的名字和用母语召唤我的族人。我时常在想，或许，我曾是草原上牧人的一条猎犬，整日地望着、虔诚地守候着属于自己的那一部分，不容他人侵犯，只容他人善意的动作。

我落单了。在部落向东的路上，早早没了家园。

就在那场向东的大迁徙中，我的族人撇下马鞭拿起了锄头，这不是大清皇帝的旨意，是蒙古人自己选择的生存愿望。他们沙场点兵，星罗棋布在辽西大地的片片土地上，像天上的星辰，不计其数，却也茫茫流散不可汇聚。我没有能力叫他们回来让他们拿着马鞭在我面前像守着河套草原那样，守着一个地方抱团生活上一辈子。

我早已不是草原上的蒙古人，我和他们一样，是个农民，地道的农民。但我和草原年复一年的对望，我所有的行走，都没有顺着炊烟和风上路。我只有一条路，在通往草原的某个缺口，独木将行。草原上没有家园的破败，也没有田地的荒芜，它本身就是一片偌大的苍凉，我用部落浩荡的人群铺满它，让它的世界开满鲜花，碧绿无垠。草不是自己荒掉的，也不是季节拉扯的，而是人不知不觉就让它荒了，或许，是人荒了吧。

"人，无法忍受人的荒芜。"刘亮程这样说过。

我不能让一片草原因为缺少了蒙古人而荒掉，哪怕我去承包掉本该属于蒙古人自己的草原，我也不愿一片草原永远寂寞的空在腾格里的眼睛里。

蒙郭勒津部落的蒙古人遗弃了草原，他们学着汉人在东部飞尘走沙的土地上经年累月的劳作，他们把所有生活的激情义无反顾地投入一场浩大的农耕文明之中，他们总是紧皱着眉头促步向前，他们在满是塘土的小路上跟着牛马来来回回地奔走，他们再也无法恢复祖先悠闲豁然的生活方式，也无法适应草原上四海为家的生活，哪怕是能够看尽山河无数成为族里最为见多识广的人，他们也从不稀罕。

青年作家刘汀在《老家》中说："他们辛苦地种着土地，可心里的那块田，却什么也不长，只是干裂，粗粝，磨他们自己的胸膛。"

蒙郭勒津部落的蒙古人成了地地道道的农人，这是不争的事实，并且延续了一百多年。他们一桩接一桩地做着某个关于农民的重大或微小的事情，他们换了一代又一代人在繁重的农耕活计上把向死的年月拉了又拉，直到上天收走他们所有的力气和所有他们能够行走的路。他们在失水的土地上一点点耗尽着性命，一年跨过一年，一季倒过一季，死了一茬又一茬人。几代了，他们始终不知道，那些断送了他们几代人鲜活人生的村庄，也只不过是肉体存在时行将废失的家园，他们一代一代在村庄里饱尝艰苦，很多蒙古人到死都不太明白，自己为什么会来到脚下的这片土地生存，又为什么说着一口流利的蒙古语，他们也并不知道他们识下不多的那些文字竟是承自成吉思汗俘虏畏兀儿人。他们没有发现，他们的牛羊，竟然和汉人的牲口长得一模一样，那是一件怪事，几代蒙郭勒津人都没有发现这件事，我一个离开村庄的人却发现了。其实还有很多个不一样变成了一样，我把发现的机会留给他们，我想让那些脸朝黄土背朝天的蒙古人明白，有很多的与众不同，是绝不应该被生活的混沌糙擦干净的。

自从我知道了我是个真正的蒙古人，我多次向着东方哽咽，蒙郭勒津人正在尘土和炊烟之中忘记着自己的身份，忘记着自己的部落，甚至忘记着自己的民族。而这种忘记并不是忘记了某个日子，某一年，而是忘记了几代，甚至是一个世纪。我感到了空前的茫然和恐慌，部落荒芜，我一个走散的人，该如何拯救那样庞大的一场遗忘呢？

偌大的蒙郭勒津部落，曾经古老而又强悍，部落族人曾更早繁衍于成吉可汗第十三代先祖孛尔只斤·歹蔑儿时期，是汹涌激荡的岁月里铁血纵横的骁勇一骑。从血脉传承的意义上说，在当代它仍然是存在的，并且生生不息、绵延不绝。而从族人记忆的角度来讲，它却消失了，只有一个扬起手掌的喇嘛记得，又或者，只有几个人重重地写上几笔。蒙郭勒津部落，总是悄悄地，在某一个人的心里活着，星星之火，总是一个人的。

在西部，蒙郭勒津部落，从来都只是我一个人的。

我一个人的部落，让我思考更多、更深、更远。我喜欢一个叫作斡难河的我的黄金家族圣地，我的黄金家族先祖孛尔只斤·铁木真（成吉思汗）在那里成就自己，他途经悠久的岁月，把黄金家族的血脉之根留给了我。据《拉施特书》和《秘史》记载，成吉思汗崛起时代，部落被称为"尼伦部"，代表了"光明的儿子"和"出身纯洁"，是天赐下凡的神的后裔。所谓天将降大任于斯人也，必先苦其心志，劳其筋骨，饿其体肤，空乏其身，行拂乱其所为。纵观圣祖大汗生平，他在幼时经历了丧父、漂泊、饥饿、风餐露宿、被部落遗弃、被暗杀的种种苦难，也曾经经历血肉相连的蚀骨取舍，终究挺过最为艰苦的岁月，排除万难，以他优秀的政治、军事头脑和公正、义气、宽容的人格魅力结束了那个儿子不再听命于父母、弟弟不再服从兄长、妻子不再顺从丈夫、富裕者不再帮助本部落的混乱、黑暗的时代。无疑，我的血脉里是记录着这样一个时代的，狡诈和无奈、残忍与人性、情谊与背叛、坚韧与懦弱，这是蒙古人历史长河中一段刻骨铭心的草原记忆，我应该记住它。

除了草原，包括山脉和河流，一切大自然赋予人类的，都是腾格里带给蒙古人的恩赐。我们一生缱绻于壮丽的山河，也愿意让自然赋予我们的青山绿水成为我们最后的归宿。当年圣祖成吉思汗走到鄂尔多斯高原，由衷地感到此处碧水青山，可以长眠于此。

那年，勒勒车载着大汗遗体来到他生长的地方，许是大汗在天有灵，依恋故土土拉河不愿前行，车子陷入泥沼，纵然马拉人推都纹丝不动。一位悲痛欲绝的蒙古将领吉鲁根巴图尔深情呼唤大汗的神灵，他告诉大汗："您的原配福晋和国邑均不在此；您的部下、声乐喜乐之事也均不在此；您要把昔日并肩携手的您的部下和亲人都丢下长眠于此吗？"此番话毕，大汗车子竟奇迹般的可以推动了，他们向着斡难河和克鲁伦河草原进发，这是大汗最后的归宿，是历史的真相。如今位于内蒙古自治区鄂尔多斯市伊金霍洛旗的成吉思汗陵是个衣冠冢，成吉思汗遗体具体密丧在了哪里，至今都是未解之谜。总之，他已回归了他心爱的草原，从草原中来，回到草原中去，腾格里阿爸和大地母亲深情的拥抱并接纳了他。

情到浓时，我总是自言自语：落单的猎狗奔走在寻找家园的路上，失去了母亲的羊羔寻找母语的方向，没有了巢穴的小鸟藏身在草丛中央，我的蒙郭勒津部落，到底该是哪里呢？

我藏匿在汉人中央，说汉人的语言，做汉人的事，过汉人该过的日子，许多年都不曾被人发现。

我清楚地记得，那是一个太阳最早升向东方的日子，我的名字在汉人中央竟为蒙古人神奇地发声了，人们羡慕着、赞美着、喜爱着，并也好奇着。我第一次觉察到了我是一个真正的蒙古人，我确信，那一刻一定有人在我的额间看到了黄金家族荣耀的光辉。我的名字正在为蒙郭勒津部落奔走，为黄金家族保留最后的尊贵。追溯历史，人们曾经在不尔罕山，还处在落魄流离之中的成吉思汗家族人的额间看到了闪耀的黄金贵族光辉，那光辉，穿过厚甲般坚硬的历史，被我看见。纵然成吉思汗曾经说过：让子孙们穿上绣金的衣服，吃尽美食佳肴，乘骏马，拥美人……可死后的事，纵然有天大的本事，谁又能做主呢？铿锵一世的圣主战神，何尝不是时刻活在我们中间，活在我这看似离散的蒙郭勒津部落里呢。

当我忆起我的黄金家族，我总是会莫名的感动和激动。这是有别于其他种族，甚至有别于其他部落的我的样子。你难以想象，我用很多年的时间在村庄的土地上握锄头，拿镰刀，甚至驱赶一头正在下地出力的驴子。我在蒙郭勒津部落的土地上劳作过，那不是一场梦，我们家的旧房子里还留存着我的气息，我们家的烂墙头还摆放着我曾用过的农具，这么多年它们似乎动也没动几下。我的那把锄头是被黄老三用坏的，镰刀让白老五弄坏了一个口子，后来就那么立在了墙根，再也没人动过。只有那堵墙，被风一场又一场地吹烂、吹矮，风像撼动人的年华那样撼动一堵墙。村子里的很多人都还活着，他们只是老了，在一场接一场的大风中，在一夜又一夜的沉睡中把我干过的那些活计渐渐忘记了。我不知道我少时的快乐、孤独和某一刻的惊恐与彷徨是否对喇嘛艾里有什么意义。那个村庄是我心里的家园，是蒙郭勒津部落的最后的一场废墟，它等待崛起，等待被记录，等待从它深处走过的那个人把蒙郭勒津部落浩瀚的文明和故事融进它的骨骼和根须。

　　作为黄金家族的后裔，我不知道，我在喇嘛艾里实实在在经历过的一切，是否都充满了金黄的颜色和富丽堂皇的味道。劳动的农民，所有留在她身上粗糙的影像，都应该是与众不同、丰满而美丽的吧，至少她是美好的。我不想转身的刹那，看见空茫的没落和虚无，在喇嘛艾里，我必须要看见一些东西，哪怕是我自己的痕迹。

　　我一个人在部落里明目张胆地行走，别人不知道我，我也不知道别人。

　　我是蒙郭勒津部落从未消失的一枚种子，带着最好的颜色，最好的根脉，绝不会走远。我的蒙郭勒津部落是我的全部，我走遍山河万里，才发现，我也是它的全部啊。

　　其实，我已经不知道我的部落在哪里了，我时常觉得，也许它就是我，或者，我就是它。我的部落是我一个人的，只要我在，它也在着，我若不在了，它又悄悄地从我在的地方消失掉走进另一个人的心里另一个地方。我不停地写着、画着，我甚至清晰地记录着生养我的喇嘛艾里那个草原般圆润的小村庄，我想用它的力量承载我的部落，我必须提醒那些忘记了自己的蒙古人和不知草原为何物的牛羊，记住蒙古人，记住蒙郭勒津部落和部落里的任何一种气息。

　　就如《拉施特书》中所写，天神拥有黄色的皮肤，灰褐色的眼睛，而"孛尔只斤"之意正是"灰色的眼睛"之意，上千年来，这种部族特征在我们的黄金家族中持续传承。我说过，我有一双任何人都无可替代的蒙古眼。或许，我早已抵达了一片光明，那里熠熠生辉，我不知疲倦地把蒙古人的名字安放在那里，其木格、萨若兰、萨日娜、斯琴高娃、山丹……还有我，孛尔只斤·斯琴琪琪格，孛尔只斤黄金家族最纯正的火种……

双枪女英雄

孛尔只斤·斯琴琪琪格

在乌兰来到辽西之前，我们乡的乡民里还没有出现过正规的蒙民战士，蒙郭勒津在上百年的时间里，饱尝旧中国三座大山的奴役和压榨。即便当时我的祖辈是喇嘛艾里最大的地主，也并不例外地必须向更大的王公贵族上交粮食和财宝，这是根本的阶级本质。

日本人一走，国民党来了。他们欺压百姓，腐败透顶，还鼓吹大汉民族，矢口否认中国有多民族的存在，视少数民族为"宗族"。蒙郭勒津地区的蒙古人饱受着烈火般的煎熬，他们愤懑、压抑、艰难，他们想改变民族不平等的境遇。人们怀念草原上天高地阔、纵马奔驰的年代。在暗无天日的压迫下，他们正努力寻找着光明的契机。

乌兰的到来，就像草原上的一缕清风，沁人心脾地飘进了蒙郭勒津蒙古人的心里。在蒙郭勒津的大地上，她骑着一匹高头大青马，绛紫色的蒙古长袍威仪地飘扬在风中，她那长长的两条大辫子让人们深深的记住了一个双枪女英雄那风华正茂的年纪。

乌兰的名字用汉语翻译，是红色的意思。遥想当年，当乌兰身上的红色之光瞬间照进我们乡和蒙郭勒津部落，那时不知有多少村庄的蒙古人彻夜无眠，惊喜于这从天而降的光明。这个年仅24岁的土默特右翼旗（今辽宁省朝阳县）凤凰山下的姑娘，正如她的曾用名宝力格（译为泉水）那样，将会为蒙郭勒津带来清泉般美好的未来，她会用高亢的革命斗志和勇猛无畏的战斗彻底改变蒙郭勒津蒙古民族的命运。

人们并不知道，这个美丽的蒙古族姑娘，15岁时便已加入中国共产党的外围组织。她在爆破小组里，炸日本人的田野洋行、中原公司、桥梁和铁路。在白色恐怖弥漫的北平和天津，她总是从容地走在执行爆破任务的路上。在少女心中，藏着大无畏和无私的奉献。光荣地融入革命队伍，是她的终极梦想。凤凰山下的蒙古族姑娘，骨子里就有着坚韧、顽强、勇敢的血脉。她是带着草原铁骑的风骨出生的。

1938年8月，是乌兰的一次重要人生转折，她怀着一颗火热的革命理想，从天津绕道香港，经深圳、广州再到武汉、西安。她一路风尘仆仆、日夜兼程，在从西安步行了450千米后，终于得到了延安革命根据地的红色洗礼。她在延安抗大分校学习完毕后，又坚定不移的步行50千米到达延安女子大学学习。延安，这个黄土高坡上的红色圣地，在峥嵘的岁月里发出最美最吉祥的光芒，它那漫山遍野的猎猎红旗飘扬在乌兰充满希望的心里，山上的麦子催熟了她，山上的人教育她成了一个合格的人民革命军。

1939年，乌兰——蒙古人民的好女儿，怀着一颗赤子之心，光荣地加入了中国共产党。

那是1945年的8月的一个夜晚，乌兰眼前的油灯添过一次又一次，她和丈夫克力静静地坐在延安的窑洞里，一夜无眠。乌兰的怀里，是他们年仅两岁的孩子阿斯冷（又名成锁思）。这是一个特殊的日子，虽是骨肉情长，在那身不由己的年月，他们却要在大家和小家之间做出艰难的选择。为了民族的解放，为了革命事业的成功，他们要把孩子送到延安第二保育院，进而挺进东北。

乌兰，这匹草原上的骏马，终将驰骋在热辽大地上，威震敌胆。她将腰挎双枪，骑着青灰色的高头战马，带领蒙古民族骁勇善战的有志青年，横扫整个辽西走廊直达松辽平原和塞北沙荒，谱写出人民解放战争传奇而光辉的历史一页。

1946年3月，东蒙工作团派乌兰到热辽地委工作，她作为地委委员、蒙民工作委员会副主任，领导包括朝阳、北票、敖汉、建平以及蒙郭勒津西部和义县北部等地区的革命斗争。她将按照党的政策，争取蒙古族上层人物，发动群众，建立民族统一战线，还将改编原蒙民武工队，建立蒙民真正的革命武装支队。

当时的武工队还只是个仅有17人的队伍，乌兰在敖汉旗宣布成立内蒙古人民自卫军（后改为内蒙古人民解放军）卓所图盟纵队第十一支队。这支弱小的队伍，就像长明不熄的星星之火，在乌兰指挥的几次漂亮的战斗和宣传中很快声势浩大，成为东北民族解放战争中不可多得的一股骨干力量。在三年的解放战争中，这支部队先后参加较大规模的战斗达66次，解放城镇和乡村500多个，组织武工队和农会300多个，屡建奇功。

敖汉旗会议后，蒙民十二支队（后来扩编为热辽军区蒙民骑兵六团）成立，乌兰担任政委。她在蒙郭勒津和黑城子成立苏木支会，并组织蒙古族青年进行减租减息和揭露国民党罪恶的宣传活动。这时，一个家喻户晓的人物以一张青涩的面孔走进了这支队伍，他便是那首传唱祖国大江南北的《敖包相会》歌曲的作词者玛拉沁夫。那时，出生在蒙郭勒津太平乡的玛拉沁夫年方15岁，是宣传队伍里最小的一员。他得到了乌兰最好的照顾，行军路上，乌兰把小小年纪的他放在自己的大青马上护着；夜里凉了，乌兰把蒙古袍盖在他的身上。那时，玛拉沁夫还是个只懂蒙语的孩子，而对于汉语，显得一知半解。也正是乌兰的引领，使他有机会学习汉语，最后蒙汉兼通，成为草原上一颗璀璨的明珠，也成了名冠世界的蒙古族大作家。

那天，乌兰看着脸庞稚嫩、紧紧跟随着她的玛拉沁夫，心想：这么小的孩子，跟在队伍里过着刀光剑影的日子，得不到好的教育，真会误了孩子的前程。虽然舍不得，但最终她还是将玛拉沁夫送出了自己的队伍，让他得到更好的教育。如今，玛拉沁夫先生回忆起和乌兰大姐共同工作过的日子，心中总会泛起一股暖流。艰苦岁月里的革命情谊，深深地印在玛拉沁夫的心里，挥之不去。

当年，蒙郭勒津的大街小巷盛传着这样一个小调：

咱们东四省（当时东北有四省），有位女英雄。

蒙民女同志，名字叫乌兰。

年方二十四，掌握大兵权。

消灭"打一面"，英名天下传。

小调悠扬的蒙郭勒津解放区天空下，乌兰身着紫色蒙古袍，脚蹬马靴，腰挎双枪纵马飞奔在蒙民大队队伍的最前沿，她身后的上千骠骑风驰电掣紧随其后。这是乌兰的常态，这支英雄的部队，血气方刚，斗志昂扬，是蒙郭勒津人心里的保护神。

乌兰消灭土匪"打一面"团伙成了老百姓心里的传奇。在八路军马不停蹄的剿匪工作中，盘踞在蒙郭勒津西北区的土匪头子"打一面"深感处境不妙，于是他在假意投诚的同时又秘密联络反动王爷道尔吉，妄图里应外合消灭八路军。乌兰看出破绽，在司令部设计鸿门宴，将"打一面"一举擒获。在对付"打一面"的手下时，乌兰借故发放烟土，发放过程中大喊："革命队伍，以后不发大烟了，就这么办！"蒙民战士们心领神会，一窝蜂冲过来，土匪们只得缴械投降。

打掉"打一面"不久，大肆吹嘘刀枪不入的"大刀会"土匪们又开始不间断地抢掠、骚扰、残害百姓，甚至袭击武工队。这伙土匪之所以如此蛮横胆大，是因为他们拥有300多人的武装力量，不容小觑。乌兰在他们抢掠我们县太平乡时，设下埋伏，将其一网打尽。那时，人们听见从太平乡传来震天动地的喊杀声，蒙民支队的骑兵们手拿套马杆，挥舞大刀，轻松套住土匪，刀刀致命，将这伙土匪杀得片甲不留。

不难想象，女人，一直是历史长河里一汪汪柔软的水，多少英雄的名字，都在男人的肩上闪烁着熠熠之光。而女人，总是英雄那困顿疲乏后的宫闱清梦。我们的民族女英雄乌兰，却是改写某个惯常历史篇章的一个符号。她在蒙郭勒津国民党眼皮下，在高达大大小小200多个土匪盘踞的地方斡旋，她用自己的智慧和努力争取到了掌握庙权的上层喇嘛的武装势力，消灭了不甘收服的地主武装。从抗击日寇，打击国民党到消灭土匪和地主恶霸，她在队伍的最前面拿着双枪，左右射击，精准无误，让敌人闻风丧胆。她的一生，为了人民的利益，舍生忘死，无愧为真正侠肝义胆的女英雄。

在风雨同舟的年代，乌兰和蒙郭勒津人结下了不可分割的鱼水深情。艰苦的环境中，她得到了蒙郭勒津人对她最热切的关心和爱护。在蒙郭勒津旧贝艾里的蒙古族额登大娘家，战士们吃饭、睡觉、养伤、躲避追捕。乌兰亲切地称呼额登为妈妈。每当乌兰在白色恐怖下夜以继日的战斗后便沉沉地睡去。老人总是彻夜不眠为她打更，好几次以身犯险，给乌兰的安全撤离赢得了宝贵的时间。在"文化大革命"的暴风雨中，乌兰被关进了牛棚。额登大娘毫不犹豫地收容了乌兰的儿子安吉斯，她不怕承担窝藏"黑五类"子女的罪名，为革命人保住了红色后代。那些年，正是吃不饱的年月，额登大娘自己吃野菜，把面饼留给安吉斯，像亲生儿子那样疼爱着乌兰的孩子。有好几次，因为安吉斯的淘气，差点在村里漏出破绽被人认出，额登大娘不顾年老体衰，到处奔走，终于保住了安吉斯。

人们想不到，额登大娘拼命保护过的这个孩子，将来会成为电影《小兵张嘎》中小嘎子的扮演者。革命队伍中的孩子坚定勇敢的形象深入人心，影响了一代又一代的中华儿女为民族和祖国的独立繁荣而奋斗不息。额登大娘不仅保住了革命的后代，还保住了人民的信念。

蒙古人民的女儿乌兰，一生伟大，一生为了人民战斗着。1987年4月，蒙郭勒津的天空乌云密布，蒙郭勒津蒙古人心中的双枪女英雄永远地离开了我们。在她的心里，蒙郭勒津是她的第二故乡，她的遗愿是将骨灰撒在蒙郭勒津的土地上，永远守护着我们。我们为了长久的纪念她，没有舍得把骨灰撒进蒙郭勒津的河流和大山，我们将她安放在了阜新市三·一八公园革命烈士纪念碑中。

鲜花簇拥的纪念碑前，我们仿佛看见乌兰腰间那蓝色的丝绸缎带随风飘扬，她仍跨着双枪对着我们微笑，那是一张对人民无限关怀，对反动势力绝不姑息的面孔。

在蒙古族传统的祭礼上，她的女儿陶歌斯深情地说："阿妈，阜新的清风能吹去您为革命一生奔波的辛劳，您的骨灰安放在阜新大地坦荡的胸怀里，您会得到永久的安息"！

蒙古人与马

孛尔只斤·斯琴琪琪格

此刻，我在马背上已经足足颠簸了三个小时。天很热，今年的雨水并不充足，时值初夏，缺水的西部草原却显得干枯枯的，天上没有一丝一毫云的影子，阳光直直地晒向胯下的骏马和我。三个小时的时间里，马只狂奔了那么两三次，可天气炎热，又很干燥，马那细密的汗珠还是从它的皮毛渗出，一点点把马背打湿。这是在西部的一个军马场，成群的马儿守在草原上，在烈日下啃着从地底艰难长出的短草。

有时，你不知道，草原也会荒芜，就像人的心荒芜了一样，剩下些单薄的景致，其他什么都没有。

但有些东西，无论它在眼前变成了什么样子，你总是欢喜的、对它有着深厚情感的，就像眼前这并不景气的一片草原。

我的根一直都像一棵大树那交错冗长的根脉，从地底扎实地攀缘在华夏大地的每一片草原上。

我的祖先，就是从草原上走出去的，大漠昆仑，苍穹广宇跨骑着骏马。

马驮着蒙古人翻越崇山峻岭，走过戈壁荒漠。它带给蒙古人足够的力量和勇气去改造自然，赢得自己的天下。

朋友们总爱说我为什么没有长成五大三粗的样子，蒙古人就应该是这样啊。我说，我是个落单的蒙古人，离部落太远没有了营养，走着走着就瘦掉了。很多人并不知道为什么蒙古人会有那么强壮高大的身材，有人认为是蒙古人爱吃肉的缘故。但是，我们村的蒙古人悉数在那贫穷的村庄生活，却也长了健硕魁梧的身体。究其根本，其实是血统的关系，那么什么样的血统会人高马大，什么样的血统又会矮小呢？以西北人为例，西北是个多民族杂处的地方，古代丝绸之路的兴起，让西北的人口种族有了各种各样的变化，血统混合的次数变多，基因质量较高，所以西北人身体高大，健壮的较多。再来看四川，四川地处盆地，西有剑阁，东有三峡，四周尽是天险，尤其古时人很难进去，人们在封闭体系中生存，基本靠土著自繁殖，这也许就是四川人普遍长得瘦小些的原因。蒙古族的祖先生活在广阔的草原上，因为部落内部是以家庭为单位组成的血亲，部落内部并不通婚，千百年来，他们在草原上一直在寻找着部落以外的血统配婚，混血的基因，让蒙古人身体健壮，心理禀赋健康，精神饱满，智力与体力都有了非常好的提高。现在，蒙郭勒津人仍有"挖井近些好，结亲远些好"的俗语在民间流传。

但是，再强壮的蒙古人，如果没有了马，他也是一个失去了翅膀的雄鹰。

蒙古马让蒙古人拥有了一双雄鹰的翅膀。

早在六万年前就为草原民族所用的蒙古马，在蒙古高原上处于半野生状态，它们既没有舒适的马厩，也没有精美的饲料。它们在狼群出没的大草原上风餐露宿，夏天忍受酷暑蚊虫，冬天忍受零下四十度的寒冷，它们有亲和力、有记忆性、有持久力、有归属感，还有警惕性和好动性，在战场上不惊不诈，是勇猛无比的、最好的军马。

圣主成吉思汗的帝国被誉为"马之帝国"，以弓马之力取天下。就是依靠蒙古马的铁骑创造了最为辉煌的蒙古帝国，为世界人类的推进发展铸就了彪炳史册的功勋。蒙古马的体型不大，平均肩高120～135厘米，体重247～370千克。身躯粗，四肢坚实有力，体质粗糙结实，腿短，肌腱发达，飞节角度较小，蹄质结实，耐劳，能适应极为粗放的饲养管理，生命力极强，具有快速奔跑的能力。

马的出现和驯化使用，使得强壮的蒙古人增大了活动范围，也增添了搏击的勇气。马儿将蒙古人的威风尽情显露出来，让蒙古人拥有了自信和人生抱负。蒙古人因为有了马，才成为了草原上最可怕的打击力量。

当蒙古人骑上一匹骏马，就会变成天上的雄鹰、山中的老虎，是天神下凡的勇士。在马背上，他们可以双手反绑连翻几个山头，在崎岖峻峭的山峰上，他们跨拥骏马，如履平地。

可以说，蒙古人是世界上最擅长牧马的民族，这远非放羊那么简单，牧马是英雄的劳动，因为一匹发怒的公马会带上它多达五百匹的马群一口气奔跑几百千米，此时的牧民必须拿出飞快的速度去拦截领头马，如果没有健壮的体魄和坚强的意志，是无法在混乱的马群中用套马杆套到强壮又发怒的领头马与它进行一场惊心动魄地搏斗的。

蒙古人胯下每一匹温顺的骏马，都是经过蒙古人精心驯服调教的。驯服一匹野性满满的高大的骏马，是一项无比英雄豪迈的事情。马是烈性动物，连虎狼都相形见绌。人第一次骑上马去，马会狂奔狂跳，非要把人从背上摔下来。懦夫俗子是与马无缘的，力壮胆大者才会将马驯服。人一旦上马，马就开始疯狂地用蹄子踢蹋，甚至歪过脖子用嘴咬人。蒙古人用一把鞭子狠劲抽打，跨上去、掉下来、跨上去、掉下来，如此反复多个回合，最后它终于把人甩不掉了，于是撒开四蹄狂奔乱跑，打圈。人在马上左倾右斜，英雄的蒙古人凭着胆气和精明的骑术，让充满野性的烈马最终屈服在了自己的胯下。蒙古人的孩子们很小就学会了骑马，三岁小男孩在马背上驰骋也是司空见惯。在蒙古人心中，马已经不是普通的动物，而是一种神圣的，激励蒙古人勇敢坚强的精神形象。

每当蒙古人跨上骏马，他们便开始扬鞭奔驰，此时的蒙古人会感到超越了大地和现实，平日生活的重负，精神的重负都在这种轻快的感觉中抖落得一干二净。

马为蒙古人添上了完美的翅膀，是蒙古人的骄傲，如果没有马，蒙古人的文化就会显现出巨大的空白，马和蒙古人的民族史诗息息相关。

马是蒙古人生长的摇篮，是蒙古人的精神寄托，是长生天赐予蒙古人的"神"物。对马的浓厚情感和爱恋，已经深深融入蒙古人的灵魂世界，是蒙古人辉煌灿烂草原文化的核心象征。

人类学传播派先驱人物拉策尔在评价游牧民族时说："地道的中亚牧民的性格拙于口才，坦率、粗犷、自豪而天性善良。"这是马在与蒙古人日积月累的世代接触配合中深深地影响了蒙古人的性格，蒙古人被马的气质所感染，生出了草原般博大宽广的性情。蒙古人的豪爽之气，大抵因马而来吧。

蒙古人与腾格里

孛尔只斤·斯琴琪琪格

  蒙古人最初的时候对天赋予了情感、情绪和意志。我们崇拜长生天，尊称天为腾格里，我阿爸常会说"托着腾格里的气力办好某件事"。小的时候，我常常看着我们村的天空，想着外面的世界，我一直想要走出去，看看外面的腾格里和蒙郭勒津的腾格里有什么不同。后来，走着走着我真的走了出来，而外村的腾格里不但没有丝毫变化，还让我回部落的路变得狭长而艰难了。

  天是蒙古人的无上尊神，圣主成吉思汗每逢出战都会虔诚地右手捶胸，跪下来向腾格里祈祷。草原民族历来对天都有敬仰的习惯，因何如此呢？

  原始状态下的蒙古人不可能以审美态度去欣赏大自然的力量，对大自然可怕的巨大的力量只有敬畏和恐惧。当大自然显示出地震、风沙、大雪等等难以抗拒的灾难的时候，就会成为蒙古人心中变异的巨大神物，这让原始的蒙古人感到了惊惶不安，神秘莫测的大千世界，更是增加了毫无科学意识的蒙古人的心理负担。人们为了减轻这种负担，靠想象透过笼罩着自然物的疑云迷雾去窥测其中的秘密，这是蒙古人最早求知渴望的表现。

  渐渐地，蒙古人依靠感觉塑造出了一个万能神力的腾格里尊神。千百年来，信仰腾格里成了蒙古人日积月累的情感模式和行为模式，崇拜腾格里成了我们坚固的信仰。这是历史的必然、民族的产物、自然的结果。无上的腾格里天神，它是蒙古人信仰的摇篮，是我们矢志不渝的信念，民族的心音。

没有对腾格里的崇拜，也便没有了蒙古民族神秘的部落。这是自然对一个种族的馈赠，我们永远相惜。

蒙古智慧——蒙医药学

字尔只斤·斯琴琪琪格

小的时候,在我懵懂的世界里,蒙古族蒙医药学是一个谜团。它像一团雾霭深深笼罩于我的记忆深处,它让我始终想去看看迷雾背后的究竟。在蒙郭勒津,一个蒙古族的医生通常只背着个小药箱便能走街串巷,奇迹般治愈各种疑难杂症,甚至癔症。我那时想不明白,一个只有普通小药箱的医生,到底是如何让人起死回生的呢?

在蒙郭勒津读书的那三年,我一次次听到"蒙医"这两个字眼,深深盼望着有朝一日有足够的时间和最好的机会去了解蒙医这门神奇的医术。

往往,日子总是把人的愿望拉得很长又很远。我匆匆读完蒙郭勒津的蒙古高中,又匆匆登上西去的列车,这么多年总是自顾不暇地向前走着,我没有时间为一些遗憾回头看看或者停停。回顾过去,触摸美好,好像这是一种始终无法企及的愿望。那愿望,就像喇嘛艾里那条在黑夜里无限延展的小路,那路任我如何遥望,也只是空空的,背着一些骡马牛羊的粪便和人的汗味儿年复一年,蜿蜒无尽地爬行。

停下的时候,人过而立。我欷歔着十年的漫长,终于站在了蒙郭勒津蒙医研究所的大院里,这是一所1978年就始建的,集内科、神经内科、眼科、妇科、皮肤科、理疗科、肛肠科、血液病科为一体的综合性蒙医药研究所。这里娴静、清幽。周围的楼群,围着一处鸟语花香的空地,人们轻手轻脚地进进出出,间或说着熟悉的母语。这是蒙郭勒津西北角一个隐匿的地方,除了蒙郭勒津的蒙古人,它并不被太多的人所熟知，但这里集结了全蒙郭勒津最好的蒙古族医生和老师，或者可以说集结了全国蒙医药业界的行家精英，他们在这里科研、医疗、教学和制药，无所不能。

我是一个对蒙郭勒津毫无贡献的人，除了学会言说母语，我没有传承部落里任何一项美好的东西。这些年，我真像一只鸟，繁忙在行经飞过的任何一个地方，随处留一些关于蒙郭勒津的某种种子抑或痕迹。我深觉得，我是一个拥有了七情六欲和花花世界的人啊，竟不及一个喇嘛那么虔诚的忠诚于蒙古医学。

中华人民共和国成立初期，喇嘛们在蒙郭勒津瑞应寺的门巴扎仓呕心沥血、埋头苦读、热心钻研，他们跋山涉水，采药问诊。瑞应寺一个听经礼佛的地方，竟先后涌现出了4000多名蒙医师以及800多名名医，他们的后世绵延不绝，将蒙医药学世代相传，经久不衰。

蒙古族医药事业是一个神圣的事业，在蒙郭勒津，蒙医生得到人们最高的敬仰和爱戴。蒙古族医药学，它作为一个专门用药物治病的学术，把成为蒙医药名医的机会留给了那些勤奋、聪慧和致力一生的学医人。想要成为一位出色的蒙医生，必先学习掌握蒙古族《四部医典》。他们要在药师的指导下辨认药材，吃苦耐劳，学会采药、种药和配药的知识。因为蒙医需要辨证施治，不断调整药方，蒙医师们一贯自己配药，活学活用。这要求他们在熟记先人实践药方的同时，充分掌握药味、药性、药效以及药物之间的关系，结合病人实际状况，运用"望、闻、问、切"的手法，对病人的五官以及其他有关部位认真观察做出精确的治疗方案。

蒙古族草药是蒙古人民的家传三宝之一（骏马、猎狗、草药为家传三宝），而蒙医蒙药的形成，最早可以追溯到蒙古帝国开国年间的鄂尔多斯高原。圣主成吉思汗的士兵在激烈持久的战斗中伤病无数，全靠蒙古族独特的草药偏方维系大队人马最基本的战斗力。军帐中的蒙医师，只背着一个药箱，便跟着成吉思汗闯南走北，他们的方剂不光奇效而且还总是源源不断。这正是蒙医药和中医、藏医的区别所在。蒙医药侧重新、鲜、生药为主，随时采，随时用，因为用量少，携带也极为方便，这是游牧民族简陋漂泊的生存条件下孕育出的民族瑰宝。

那日，我站在蒙医研究所的大院里，耳边仿佛飘来草原上悠扬婉转的歌谣。就在我矗立的这个院子里，我近在咫尺的脚下，在这片传承蒙古族蒙医药学的神奇土地上，蒙古族著名歌手德德玛曾欣然而立，她在饱受长达九年的脑血栓半身不遂困扰后，竟在蒙郭勒津的蒙医研究所奇迹般地得到治愈，并且重新登上了她热爱一生的绚烂舞台。

蒙郭勒津这块智慧的土地，正是蒙医药的发祥地之一。早在康熙四十一年（1702年），瑞应寺的医学院就开始为喇嘛徒弟教授蒙医药学知识，近百位蒙医学博士及主任医师脱颖而出。

中华人民共和国成立前，蒙郭勒津各个村屯，包括我们村，都散落着民间个体医生。这是蒙医师在蒙郭勒津最初的行医模式，也是承袭游牧生活的必然之路。那时的蒙医师，没有固定的诊所、组织机构或者医疗场所，他们骑着马，马背上驮着药箱，在草原和农村之间游走。在那种敞开的、荒野般的问诊条件下，蒙医师们几乎从不相互交流，这让蒙医药学的理论研究和创新进步受到了严重的抑制，那时出类拔萃的蒙医药能人也不怎么多见。然而，在这样一个寂寞的群体里，出现了蒙郭勒津最好的神医——邢布利德（他的名字翻译为雄鹰之意）。

邢布利德在中华民族满目疮痍、啼饥号寒的岁月里出生在蒙郭勒津一个叫塔子沟的贫农家里。面对满世界的饥饿、灾荒和疾病，他心生悲悯，自1916年起，师从本村一位德高望重的老大夫乌恩巴雅尔，经受住了老蒙医严格要求背诵药典，尤其是蒙医药学基础理论《四部医典》的考验以及为师傅拾柴、烧水、做饭、洗衣服等等吃苦耐劳的磨砺，最后终于学得了一身好本领。在跟随乌恩巴雅尔长达七年的学徒生涯中，邢布利德能够轻松辨认两千多种蒙药，他还能为患者切脉、开方、上山采药和认药，对于各种药材的炮制方法，也显得融会贯通。

邢布利德是在23岁时出徒的。那年，蒙郭勒津兵匪出没，瘟疫横行，塔子沟的东梁冈上尽是疫病而死的孩子。蒙古人对死去的孩子习惯天葬，于是，山冈上席头卷尸，尸横遍野，人们争相哀号，却对疫病束手无策，塔子沟瞬间成了一个悲戚惨绝、人影稀寥的村子。而那时邢布利德的师父忙里忙外，累个半死也没救活一个疫症患者。此时的邢布利德看在眼里，急在心上，他一遍又一遍地在医学典籍上翻找配方，终于发现在师父采用的方剂上加上胡萝卜就能事半功倍，如果对症了，或许还会药到病除。他怕师父责骂，于是在为师父炮制药方的同时，将胡萝卜捣碎制药，偷偷塞给患者。不出几日，疫症病人竟然奇迹般痊愈了。从此，邢布利德一炮走红。

然而，邢布利德的成功，并非是个偶然。他在跟随师父的七年之间，始终兢兢业业，勤于钻研和学习，从不懈怠。在他60年的诊病生涯中，有请必到，有病必医，曾奇迹般的救活过病入膏肓的肝硬化患者以及治愈了因脑积血而无法进食、说话和行走的患者。这一宗宗挽救濒临死亡的重症患者的妙手回春、起死回生的案例，吸引着无数的海外人士蜂拥而至。如今，蒙郭勒津蒙医药研究所内，来自多个国家的患者纷至沓来，当年将蒙医药的发展推至高峰并传承后世的邢布利德，被人们亲切地称为"塞北名医"。他的传人邢鹤林也已被评为2010年度国家级非物质文化遗产"血衰症疗法"传承人。

邢布利德从医的一生，翻阅了大量的经传，搜集民间偏方，对肿瘤、尿毒症、类风湿、肝炎、脉管炎、再生障碍性贫血、神经衰弱、崩漏、胆囊炎、胆道蛔虫等疑难杂症拥有了突破性的治疗经验。其中，在治疗再生障碍性贫血方面，总有效率高达92.1%，治愈率31.3%。这是具有科学性、先进性以及可靠性的民族医药奇迹，得到了有关专家教授的一致认可。邢布利德的传人白凤鸣教授曾在 2001 年受中央电视台国际频道《中华医药》栏目邀请，为远在美国罹患再生障碍性贫血的陈鸿钜诊病，使其得到了完全的康复。

蒙医药学堪称祖国中医药学的孪生姐妹，它在世界医学史上拥有着巨大的价值以及不可忽视的地位，这是蒙古民族的宝贵遗产，是蒙古族历史上熠熠生辉的文化瑰宝，是人类世界的济世菩提。蒙医药学，最大的裨益之处在于：它像草原上火红的、光芒四射的太阳，总是为缠绵病榻判了死刑的重症病人带来一束束希望之光，生之自信！

这是因为蒙医药学悠久的历史和博大精深的根基，也因为它还未曾让更多人了解和体悟。它像一个未曾揭开的谜，吸引着人们去认知、探索和尝试。

我相信，每一位蒙古族医药学的传承人，必将深切体会到蒙古族医药学的重要和美好。就像邢布利德所说："蒙医药学是一块沃土，只有肯于付出汗水的人，才能领略到它真正的价值"。

母亲坐在悬崖上

诺尔乌萨

我们有句比喻形象的话叫"惹博阿嬷瓦果里",意思是有儿的母亲好比坐在高高的悬崖上,提心吊胆,担惊受怕,这话一点也不假。

从昨天到今天,我们听到看到,儿子让父母操心,让父母心力交瘁的事比比皆是。

不说远的,就说我身边的亲人。那天下午,秋阳高照,我在自治州首府拉布俄卓(西昌)人群熙攘的街上闲逛,走着走着,裤包里的手机骤然响起,拿来一看,是嫂子,侄子木呷惹的母亲。

她的电话是从遥远的山里打来的。我立马接听,她的话语激动,她说儿子木呷惹的老师打电话来,木呷惹逃学十来天了,一直不见踪影。乌萨,我怎么办?他读初中高中也逃过学,不止一次了,读大学也这样,她说自己被儿子折腾够了,她已感到失望,脚趴手软,甚至感到万念俱灰。她还说,你的兄长,孩子的父亲阿合子达见此情形,置若罔闻,甚至若无其事,只会当甩手父亲。就说今天,家家户户都在忙于抢收,他不知跑去哪里玩,此时,我只身一人在割荞麦,儿子又这样,我已经伤透了心。

听得远在山水这头的我也心寒。我在自问,怎么会有这种没有责任感、没有担当的男人呢?难道木呷惹不是他的儿子?他不是儿子的父亲?我感觉到嫂子的声音越来越急促、孱弱、带有哭声,也能感觉到她气愤和绝望交织的心情。作为儿子呢,全家人省吃俭用,父母含辛茹苦供他读书,对他寄予厚望,他是父母的精神支柱,却变成这么一个没出息的不孝之子，不难理解母亲的大失所望，甚至是绝望。

眼下，正是山里收割荞麦的季节。我能想象，此时此刻，西部凉山觉克瓦吾山上山下雨雾弥漫，嫂子站在淅淅沥沥的梅雨下，站在湿漉漉的荞麦地上，左手拿着手机，右手提着镰刀，冰凉的雨水正从她的锅盖帽边、从她的手上、从镰刀尖上、从她的裙边滴落，那雨水也一直在我的内心里滴落啊！

我只好从手机的这头安慰她，劝说她不要伤心，不要生气，不要灰心，事情总会有解决的办法，我们都到处打听一下，总会水落石出。听我的劝说后，她说：唉！好嘛，辛苦你了，乌萨。然后她挂断了电话，她些许是弯下腰，又在埋头割荞麦。

母亲的确是特别关爱自己的儿女。

我们从小走在山路上，一不小心跌倒摔倒，踩失踩空或突然想起被遗忘的什么东西、做错什么事，不禁自然会发出"阿嫫（妈啊）"的呼喊。母亲在我们潜意识的生命里或在我们心目中从来就是救星，是上帝，是我们的生命支柱。

就在一个小小的家庭里，较之有些大而化之的父亲，也只有母亲把勤劳、善良、慈祥、细心、体贴、担当和关爱儿女集于一身。

换言之，为人母亲，并非是一件易事。

母亲自从怀上自己的孩子，意味着开始进入有沉重压力的生活。母亲为了家庭、为了孩子，不分白天黑夜、不分冷热，在家里进进出出忙家务，在田间地头忙忙碌碌。临近分娩，依然腆着肚子，背水拾柴，下地干活，生火做饭。直到把孩子生下后，给孩子喂奶喂食，接屎接尿，为养育孩子而流汗，付出心血，从不消停。

那么，比起女儿，母亲为什么单就更加担心自己的儿子呢，这不是母亲具有家庭责任感那么简单，不是母亲赋予儿子生命，儿子是母亲的儿子那么简单，更不是儿子是母亲的心肝宝贝那么简单。

彝族历来有说法：父亲铸就了儿子的根骨，他是谁家的，姓啥名啥，看家谱，是第几代传人，人的性格特征怎样，说这是父亲给予的。母亲铸就了儿子的血肉，智慧高低，高矮胖瘦，相貌美丑，肤色，说这是母亲给予的。

血肉紧紧拥抱着根骨，呵护着根骨，把自己的心紧紧贴在根骨上。怕他吹风着凉，风吹雨打日晒，怕他出丑和陷入尴尬。反过来，根骨是血肉的依靠和寄托，是血肉的希望所在，是血肉的精神支柱，是血肉的生存动力。

我们彝族有句话叫"生子似舅"。儿子是否成器，长大后成一个什么样的人，更多的是取决于母亲那方，似乎也在强调血肉的重要。

况且，女儿天生秉性就听话，贤惠，乖。儿子天生秉性就好动，调皮捣蛋，从小喜欢动棍动刀，翻箱倒柜，翻墙越栏，整天在寨子里疯乐。

稍稍长大了，经常跑进别的寨子去玩，要么玩至黄昏，饿了，一身灰不溜秋才回来；要么是打架斗殴，面、手被抓烂，弄出血来才回来；或是成群结队，不顾风雨，进山进沟撵鸟儿，就是费心得很。

因此，母亲除了担心女儿一样，担心儿子穿少穿薄，吹风着凉，发烧感冒，忍饥挨饿，摔倒跌倒，担惊受怕，担心受别人的孩子欺负外，还要无时不再担心儿子在外面调皮捣蛋，惹是生非，闯出祸来。

母亲为儿子付出的东西确是多得多！就拿我们这些山里孩子出生与成长来说吧。母亲在简陋的瓦板房里，没有任何医疗条件下，在粗糙的竹席上，流了无数的鲜血，几乎以生命为代价把我们生下。我们从一个混沌的世界里来到明亮的天光下，眼睛尚未睁开，便扳着四肢寻找母亲的乳汁，找到乳头含在嘴里，如痴如醉地吸吮。吸足了，迷迷糊糊地躺在母亲的怀里，或躺在襁褓里。

有时哭了，母亲一边拍打着襁褓，一边嘴里念着"霍，霍，霍，霍（成器的意思）……"地哄诓我们睡觉。一日复一日，一月复一月，一年复一年。我们就是在母亲的拍打和哄诓中渐渐成长。

母亲弥漫乳汁和充满温暖的怀抱是我们的港湾。无论风吹雨打日晒，我们都会在这个港湾里安然无恙。稍稍长高后，我们要么被母亲牵着走，要么是我们的港湾变换成母亲的背上。我们躺在母亲一年四季不知疲惫的背上，时时体验到母亲的体温，感受到母亲坚强的脊梁，就像是躺在大地之上，感到厚重，踏实。我们仿佛也听到了母亲早晚背水的叮咚声，听见了柴棒在母亲背上相互挤压的吱嘎声。

母亲一步步把我们养大，含辛茹苦供我们读书，历经小学、初中、高中乃至大学，工作，成家。直到自己已经成为父亲了，母亲还常常惦记我们，还从山里常托人捎话来问候，捎来吃的穿的，依然还在牵挂自己的儿女。

然而，真是可怜天下父母心。这样的母亲，总有些儿子还让自己的母亲伤心与失望！

我们又说木呷惹，整整一学期，杳无音信。家里人从附近的县城到远方的城市，从彝区到汉区，凡是有可能去的地方，托人打听，派亲戚朋友去寻找。派去寻找的各路人马精疲力竭，陆续回来后，都说连人影都不见，许多亲人还以为他已不在人世了。

为此，听说嫂子常常见人就流泪。

直到接近期末，那天，他才突然出现在家门口，仿佛是从天而降，父母感到不可思议，觉得自己看花了眼，让家里人哭笑不得。

按学校规定，要求办一年的休学手续。他的母亲，一个从未离开过寨子的山里女人，怕儿子中途又有闪失，那天，她放弃许多家务，毅然翻山越岭，急忙从山里把他带来。我在拉布俄卓（西昌）一家普通的饭馆里接待这对母子俩。我们三个人围着一张饭桌而坐。也许是几个月来嫂子为自己的儿子操心、担心、纠结、揪心、寝食难安、心力交瘁的缘故吧，我看见她比起年前已憔悴了许多，显得筋疲力尽，神情忧郁，情绪低落，已判若两人。

嫂子在说儿子为什么三番五次逃学，你是怎么想的，当面好好给叔叔说。我掏心窝给他讲些道理，怎么批评和教育，他一直埋头，脸上还表露出自己十分委屈的样子，说了半天，他才意识到自己的一些小错。

深究，这样的事除了怪孩子本人，也与社会环境有一定的关联。当下，伴随着社会进步发展，各种娱乐方式和娱乐场所就像雨后春笋应运而生。网吧，迪吧，歌城，酒吧铺天盖地。一些厌学、逃学、躲学的孩子，一些不务正业的少年儿童，不分白天黑夜躲在其中，这些娱乐场所成了孩子的庇护所，害得父母和亲人们十分焦急，风风火火到处寻人的事屡见不鲜。

的确，站在崖脚，仰望高大而笔直的悬崖，让人头晕目眩；相反，站在高高的悬崖边俯瞰，身临万丈深渊之上，让人恐高，眩晕，提心吊胆。自然界的悬崖是可怕，但更可怕的是，有的儿子让自己的母亲坐在悬崖上。每个作为母亲的儿子，难道忍心让自己的母亲常常处在高高的悬崖上么？忍心让她整天提心吊胆么？尤其是那些从小吃母亲的奶，吃母亲嚼细的食物长大，眼下还在吊儿郎当、不务正业的人，应该觉醒了，应该学会搬掉母亲心中的悬崖，或从高高的悬崖上把母亲安全接下，让母亲过上作为一个母亲应有的安稳、踏实的生活，让她远离自己心中那座人为的悬崖。

雪野猎雉

诺尔乌萨

那时候，我们都不知道珍稀动物这个概念，更不知道去保护。从祖辈一直依山依树而居，自幼生长在山间河谷常有飞禽走兽出没的地方，捕猎自然成了我们心中的喜好。比如那年的一个冬天，一场大雪如期降临于我们山乡，整整三天三夜，雪片纷纷扬扬，天地一派迷茫。

三天后的早晨，雪停天晴，打开木门，站在门前，大地一派洁白，雪地上的光芒强烈而扎眼，我正在揉眼。

"走，去撵雉鸡。走，去撵雉鸡。"一支由十来个年轻人、五六个半大孩子和十来条大大小小的猎狗构成的浩荡队伍，吼叫着，像一股黑色的潮流，稀里哗啦从我家门前的雪地上涌过，直朝对面的雪野上奔发。见此，我和家里的两条狗，也不甘落后，十分激动、兴奋，拔腿就跟随而去。

在齐膝的积雪上，他们年轻人和狗们冲在前面，我们几个孩子步履十分艰难地跟在后面。我们歪一脚、直一脚、深一脚、浅一脚地前行，小小脚板踩进积雪里，半天拔不出来，只好用双手紧紧撑着另一只膝盖才能拔出来。在这冰天雪地上，没有一会儿，我们个个汗流满面。好不容易爬到了对面积雪覆盖的山野上。从我记事，那是一片雉鸡的栖息地，是雉鸡的家园。为了捕获更多的雉鸡，按照古老的套路，我们所有人、狗兵分两路。一路人负责观看雉鸡着落的地方，就是选择一个总览全境的制高点，随时注意整个猎场的动向，一旦锁定雉鸡着落的目标，好让人、狗迅速去围捕；我们一路人、狗负责搜寻雉鸡留在雪地上的足迹和雉鸡藏匿的地方。那是全靠猎人平时对雉鸡们生存规律的熟练程度，靠他们雪亮的眼睛以及猎狗们对雉鸡气息高度灵敏的嗅觉。

眼前深深的积雪延伸成方圆几千米，无遮无拦，一目了然，这恰恰为猎人和猎狗捕捉雉鸡提供了十分有利的条件，让雉鸡们处处暴露在人、狗的目光下，无处藏身，雪地成了它们天设地造的陷阱，成了它们的生命绝地。

那是向它们铺开的一张无形的巨网啊，等待它们的将是一场浩劫！我开始为即将展开的捕猎行动激动的同时，在小小的内心里，也开始替四周那些还蒙在鼓里的野兔野雉们产生了恻隐之心。

我在想，它们也是一些生命，也有家，有父母，有妻儿，这里是它们世代的家园。今天，我们闯进它们宁静的家园，展开施虐般的捕杀，我们是在造孽啊，我第一次对雉鸡产生了怜悯和同情！

但是，面对那么多猎狗，那么多大人，我一个小孩子，那是无力阻止今天这场势在必行、展开在即的捕猎行动啊！这样想着想着，一直冲在前面的几只猎狗，看见它们的尾巴突然向空中甩动，嘴上不断发出呲呲鸣叫，气氛异常紧张起来，狗们像是嗅到了雉鸡发出的气味。

紧接着，又是前面的几只狗同时爆发出急促的撵叫声，一只雉鸡被猎狗赶出来，从狗群中啪啪啪地拍打着翅膀，腾空而起，我们的目光也随之飞上了天空。雉鸡在空中划了一道抛物线，很快飞落到附近的雪地上，目标早已被预先站在制高点的人锁定，我们人、狗又同时朝着雉鸡着落的目标，一窝蜂地追过去。

我们几个小孩再卖力，速度再快，也总是晚到一步。我们的速度和体力都远不及他们，但我们丝毫没有泄气，努力跟上。

雉鸡是一种天生飞不远的鸟。从这里到那里，从那里到别处，一般的雉鸡就是飞那么一两程，它就趴下，飞不动了。最厉害的，也不过是飞三四程,最后都是瘫倒在雪地上,束手就擒,成了人、狗的囊中之物。

优秀的猎狗不吃捕获的雉鸡,只是把它咬死。留在雪地上的,往往是几撮美丽诱人的羽毛和几滴鲜红的热血。

那天,我们就这样一次又一次,敲山震虎,抓住雉鸡双翅力弱的弱点,按部就班地捕捉。到了太阳快要落山时,结束了一天累热而又酣畅淋漓的捕猎。我们让一个已被搅得天翻地覆、人声狗声沸腾的猎场还给了原本是一片洁白宁寂的雪野。

拖起一身疲惫,收归一处时,人、狗已是精疲力竭。我感到又饿又累。双脚已是酸软麻木,很想一屁股瘫坐雪地上。

同时,我看见狗们也累坏了。眼前的一条条猎狗,经过一天的亢奋和捕猎,上身勉强被一双双前手撑着,斜蹲在雪地上,伸出一根根长舌,不停地喘着粗气,两边的肋腹一鼓一松。在一双双盯住我们的目光里,满含深情,像是在诉说一天的劳累,也像是在祈求一点什么施舍,让人怜悯。

尽管又累又饿,但人、狗都觉得值,劳而所获。几个青年把手上的雉鸡拿来一数,个个有些兴奋了。那天,我们一共猎获了九只雉鸡。有雄雉、有雌雉、有老雉、也有仔雉,战果辉煌。我们提着这些从脚上系成三串的雉鸡,满怀喜悦回家。

回走的路上,我第一次想起了一个人要想有所获得,就得付出汗水与代价。走着走着,突然间,我看重了其中一位成年男人手上的一只仔雄雉。这只仔雄雉,白色嘴壳,头顶乌黑,两腮和眼圈鲜红,身上已开始冒出成年雄雉美丽的羽毛和翅膀,而且越看越好看,越看越喜欢。我甚至控制不住内心的占有欲,于是,抓住还未走到寨子的时段,我轻声而祈求般向成年男人开口道:"xx,我不去上面你们的寨子了,我太喜欢你手上这只仔雄雉,请你把它送给我,好不好?"成年男人边走边说："那不行，全拿到他们家去。"他连头也没有回一下，语气十分坚定，几乎没有商量的余地。而且，我向他索要雏鸡后，觉得他加快了脚步，有意回避我，甩开我。我感到既失望又生气。随便向别人开口索要东西，我又感到后悔和羞愧。可我又在想，祖先有言，上山打猎，见者有份。今天，我也自始至终参加了捕猎，我也累呀，也付出了代价，该有我一点功劳，该有点回报吧，这么想着，成年男人早已走远了，越来越脱离了我的视线。

我远远地站在他的身后，看着成年男人的背影，越看越恨他，越看越丑陋。权宜之计，我只好在他的背后做了一个重重的呕吐的表情。

带着失望与气愤，到了家门前，一进门，看见我哭丧着脸，父亲问我怎么了，我说："他舍不得给我一只仔雄雉。"父亲说："那人的德行就是这样的，是他们那个家族出了名的一个自私鬼和吝啬鬼。"原来，父亲早就了解他。父亲还宽慰我："对面山上全是雉鸡，以后你长大了，带上猎狗去撵，你要得完么。"觉得父亲说得对，可我内心的怒气依然不减。

夜里，我在被窝里难以入眠。一直想着白天的这桩事，我在内心里反复发誓，从此，我要当个出手大方的人，切忌不能像那个成年男人。一个大男人，就连一只仔雉也舍不得，被一个小孩子所鄙视。我在想，长大后自己坚决不能做这样的人。

一只雉鸡算不了什么，更何况是一只仔雉鸡。得不到一只雉鸡是小事，舍不得一只雉鸡是大事。他从此背上了一个吝啬的名，成了永远被我唾弃的人。

我在反复告诫自己，以后千万不能成这样的人！想着想着，一切进入了睡梦里。

随着一天天长高长大，觉得自己逐渐懂事了一些。在做人做事上，特别是行为风格，我始终以那天成年男人的啬吝行为为参照，引以为戒。

　　作为连角角分分都喜欢的孩子，那时候，只要听说寨里谁家杀猪宰公鸡，我的鼻子比狗的还灵，鲜亮的鸡毛和黑色的猪毛总是逃不过我的眼睛，逃不过我的执着追寻。

　　那些猪毛鸡毛，哪怕被人倒进寨边刺笼里，我也会不惜一切代价去寻找，奋不顾身钻进刺笼里，捡回的猪毛鸡毛拿到乡上去卖，买回一大挎包水果糖，把寨里所有的孩子叫拢，把糖果分发给他们，吃得他们个个嘴上蜜糖飘香，五彩缤纷的糖纸满地。

　　记得我们寨子上方有个大水凼，每年到了枯水季节，它就变成这里唯一的一个小水凼，这里成了鸟儿们唯一的吸水处。

　　每天午后，附近所有的云雀都不得不到这里来吸水，这被我们瞄上了。我们这些半大的孩子，利用冬季云雀集中一处吸水的有利条件，常去那里套云雀，去感受套云雀的美妙情趣。

　　每次去套云雀，我的主要目的是去感受套云雀时的激动，去观察云雀们的习性，去感受套到云雀时的那份兴奋与欢乐。我把套回的云雀一只不剩地分发给比我小的同伴们，我绝不会中饱私囊。由此，那时候，我的身边随时有一群百依百顺、言听计从的孩子。

　　有一次，在小学四年级寄宿读书的一个星期天。一早，我独自一人，带上一把砍刀，踽踽来到水凼边。我从附近树沟僻里啪啦砍来几抱树丫枝，用枝丫沿着水凼边把水凼团团围了个圈，只留下了一个小缺口，把捕鸟套架设在缺口上，我藏匿在附近，等待前来吸水的云雀来上套。

　　开头，一直趴在高度警惕和难以遏制的兴奋里，感觉不到任何难受。渐渐，在坚硬冰冷的地上趴久了，觉得腰酸脖酸，胸腹和双膝被凹凸的地面顶着，感到十分疼痛，头昏眼花，极其难受。可为了空中飞来飞去的那些心爱的云雀，为了我那些不分彼此、有福同享的同学，我只好忍辱负重，继续趴着。

午后，那渴急了的云雀，成群成群地从四面八方飞来，陆续飞抵水凼上空，聚会、滞留，密密麻麻，形成一大片云影，遮去了头上的半块天空。然后，这些云雀伺机纷纷扬扬地降落，飞落到水凼附近，潮水般涌向水凼，涌向仿佛是缺口一样的捕鸟套，捕鸟套迷惑了云雀。过了一会儿，开始有云雀把头伸进套里，前后一伸一缩，然后是扑棱棱地展翅，是上套了。套住一只解一只，装在一个挎包里。一次，两次，三次……到了下午，我只身一人套住了三十多只云雀，成了一大包。

当我收起捕鸟套，提起这包沉甸甸的云雀，准备离去时，我又一次想起了那天在雪野上捕雉鸡，想起了向成年男人索要雉鸡的事。我又一次感到羞愧。于是我没有想到要回家，只是想到要返校，给同学们一个惊喜。

在返回学校的凹凸不平的山路上，来自手上这包巨大收获的喜悦和兴奋一直陪伴着我，自己巴不得一步跨进校门。

我提着沉甸甸的包，来到学校，跨进寝室，站在同学们面前，高高提起一大包鸟，所有的同学都围过来，簇拥着我。他们都好奇是什么，打开包，发现是一大包鸟，他们都惊喜了。随后我们七手八脚把套回的云雀有些烧有些煮，顿时满屋飘香，让这些已好长时间未沾油荤的同学们打一次大牙祭，吃得他们个个满嘴油黄黄的，给他们分享了自己的成果，我受到他们的尊敬，甚至他们对自己一直赞不绝口。